★講師寶典2

人人都有演說天賦

十大講師從姿勢、聲調、故事，
公開自我練習祕笈，開啟你的演說本能。

吳佰鴻、羅懿芬、王禎鈺、高家偉、陳亦純
官大煊、林美玉、陳昇陽、黃麗霞、俞冠鳳
——合著

目錄

〈推薦文〉

創造傳承百年功勳的講師們 14

・中華民國商業總會理事長 許舒博

我們都是好講師 15

・中華華人講師聯盟 2025 年理事長 吳佰鴻

上醫醫未病之病 17

・陶聲洋防癌基金會董事長 陳光耀

我對好講師的表述 18

・中華華人講師聯盟創會長 張淡生

你比你想得還厲害！ 20

・台東鹿鳴渡假集團創辦人 潘永豐

共同創造屬於這個時代的精彩講壇 21

・國立中正大學成教所／高齡教育研究中心 胡夢鯨特聘教授

〈講師寶典 2〉

吳佰鴻

◆中華華人講師聯盟 第 15 屆理事長

廣受企業歡迎的名師，從事教學工
二十年，跑遍兩岸，幽默風趣精準抓
學員需求，千人訓練活動或個別輔導
皆深受企業愛戴。本書是個人參與的
十二本著作。主辦 ESG 永續管理師
照課程、華人好講師大賽、華人創業
大獎。

｜經歷｜

美國 Stratford University IMBA
艾美普訓練機構 總經理 / 諾浩文創科技 董事長
台北市企管顧問工會 理事長 / ESG 華人企業永續聯盟 主席

｜社群媒體｜

永續企業顧問吳佰鴻 - FB 粉絲專頁
https://www.facebook.com/peterwutaiwan
ESG 永續企業顧問吳佰鴻 - YOUTUBE 頻道
https://www.youtube.com/@peterwu168

——華盟的使命：壯闊華盟、擁抱世界，打造華人培訓生態圈

作為華人講師產業的核心力量，中華華人講師聯盟（International Chinese Speaker Alliance, ICSA）正全力推動產業升級，從人才培訓、產業標準建立，到國際市場開拓，為講師提供無限發展空間。

——華盟四大戰略行動

- 專業培訓與認證：建立講師評鑑機制，提升業界標準與公信力。
- 全球講師交流：舉辦大型培訓論壇，連結國際市場。
- 數位轉型賦能：協助講師建立線上課程與個人品牌。
- 公益義講計畫：結合 ESG 理念，提升社會影響力。

◆中華華人講師聯盟 官網

羅懿芬

◆卓越華人訓練團隊 執行總監◆

長期致力於講師培訓、公眾表達、人際溝通的實戰型講師，不只授課及擔任評審超過兩千場次，更融合三十多年企業基層到高層實務經驗，讓學員在最短時間內由淺入深得到最多實用的概念及方法，有效提升培訓目標。

｜現任｜

卓越華人訓練團隊 執行總監
中華民國健言社講師培訓特設委員會 主任委員
新北市中華育林多元教育發展協會 創會理事長

｜經歷｜

中華華人講師聯盟第 13 屆理事長
台灣第 50、56、57 屆廣播金鐘獎評審委員
2014-21 華人好講師比賽台灣賽區評審長
行政院人事行政總處公務人力發展學院講師
中華青年人才培育協會 YANG 講師
台灣金融研訓院 TABF 金融師資培訓講師
台北市電腦商業同業公會 TCA 講師
社團法人中華民國健言社第 23 屆理事長
各大機關演講比賽、簡報比賽、講師比賽評審

｜著作｜

《成功有理：15 位大師的軟實力硬功夫》，博客思，2013
《有一分熱 發一分光》，渠成文化，2023

｜獲獎記錄｜

2013 中國培訓「我是好講師」第一屆課程設計得獎人
2008 社團法人中華民國健言社第 19 屆全國奧瑞岡辯論比賽冠軍
2007 社團法人中華民國健言社第 18 屆全國國語金口獎比賽冠軍

｜專長領域｜

講師培訓／溝通表達／會議簡報／團隊領導力

｜聯絡方式｜

信箱：loyifen0368@gmail.com

王禎鈺

◆樂齡健康達人◆

廣受學界與企業肯定的名師，多年來致力於樂齡教育與健康促進，教學足跡遍及全台與柬埔寨，深受社會各界推崇與愛戴。

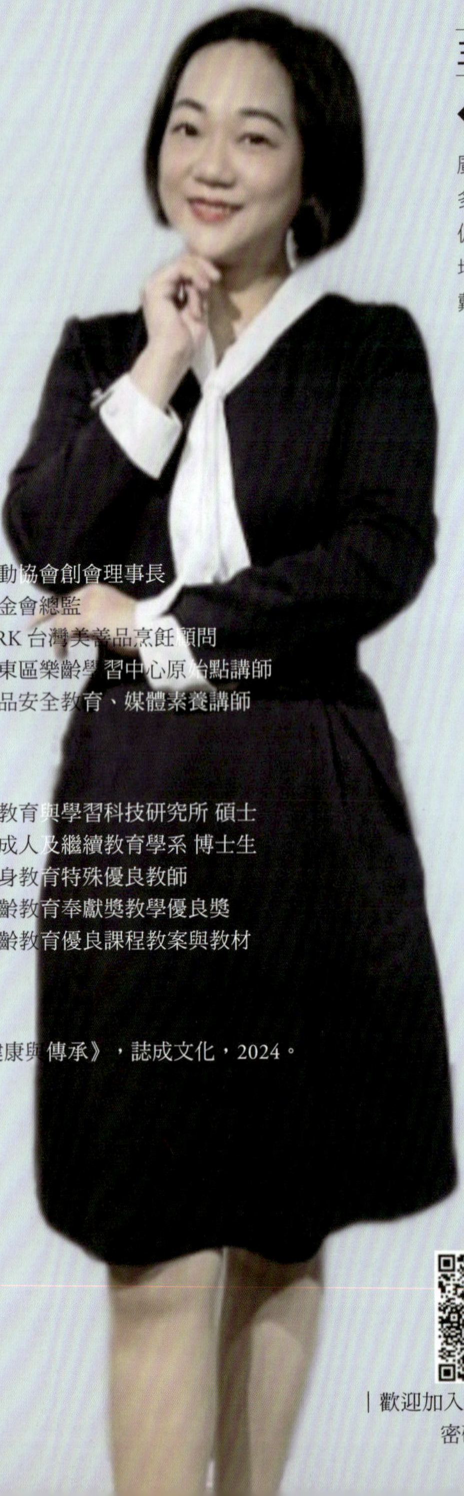

｜現任｜

新竹市健康運動協會創會理事長
陶聲洋防癌基金會總監
德國 VORWERK 台灣美善品烹飪顧問
教育部新竹市東區樂齡學習中心原始點講師
教育部樂齡食品安全教育、媒體素養講師

｜學經歷｜

國立清華大學教育與學習科技研究所 碩士
國立中正大學成人及繼續教育學系 博士生
榮獲新竹市終身教育特殊優良教師
榮獲教育部樂齡教育奉獻獎教學優良獎
榮獲教育部樂齡教育優良課程教案與教材

｜著作｜

《樂齡智慧 健康與傳承》，誌成文化，2024。

｜歡迎加入王小鈺養生群組｜
密碼 520520

高家偉

◆傲拓教育執行長◆

22年中國大陸經驗，創立連鎖培訓學校，人生理念是「人生沒有用不到的經歷」，深信每一次經歷都能為未來的成功奠定基礎。目前致力於推廣科技農業和健康飲食，並積極參與中華華人講師培訓。目標是結合科技與農業，打造一個健康飲食，共同推動健康飲食和永續農業的發展。

｜學經歷｜

台大生物科技管理碩士
實踐大學創意產業博士
中華華人講師聯盟
第 15 屆培訓長
中華創意產業協會秘書長
菜鳥救星創業講師
企業培訓顧問

｜著作｜

《口袋達人 上海 A 夢》，
商訊出版，2018
《有一分熱 發一分光》，
渠成文化，2023

｜專長領域｜

專長領域：企業策略規劃顧問
／健康水耕栽培推廣／創意創業

◆ Facebook

陳亦純

◆台大保經董事長◆

從 1975 年 4 月進入金融保險界至今。
長期推動「保險捐贈」和「安心安養」，
被稱為「保險佈道家」！

｜現任｜

台大保經董事長
全國商業總會長照委員會副主委

｜經歷｜

多項國際級保險大會講師
《人間福報》等報章專欄作者
華人講師聯盟 2008、2022 年會長。
歷任保險公司高階主管、
陶聲洋防癌基金會及多個基金會、
協會顧問。

｜著作｜

《我有理由不買保險》，保銷文化，1991
《養得起的未來：退休要有錢的 35 個
財富觀念與人生態度》，時報出版，2017
《祕密 21—了凡四訓，心想事成》，
佛陀教育基金會，2014
《大家來抄經》，誌成文化，2022
《樂齡智慧，健康與傳承》，誌成文化，2024
《善生有幸：改變人生的 108 道力量》，
玄奘文化，2023
包括書籍、影片、音檔，共有四十多種作品。

LINE

官大煊

◆金融財經訓練課程講師◆

官大煊老師在 2016 年 7 月起展開演講的事業，迄今已突破五百場次，對象遍及中小企業主、高階經理人與金融銷售人員。講題由投資理財開始、進而關注各種大趨勢議題，最後專精於高階銷售課程與家族財富的傳承。

｜現任｜

金融財經訓練課程講師
反投資詐騙宣導講師

｜經歷｜

兩度獲得國內封閉式基金操作績效冠軍
兩度獲得保險業「百萬圓桌會議」（MDRT）榮譽

｜著作｜

《共同基金 Q&A》，商周出版，1998
《股票聖經》，商周出版，2003

｜專長領域｜

- 解決金融業務人員在「投資」議題上的困擾
- 結合「財經」與「人文」，提供社會關注的趨勢分析
- 講師訓練的指導顧問
- 反投資詐騙的宣導
- 家族財富傳承業務的開拓

林美玉

◆圓滿培訓學苑 創辦人◆

生動活潑的授課方式、
精彩實用的課程、
精準方法的提供、
充滿魅力與愛
——是上過課學員
給予美玉老師的回饋！

◆圓滿培訓學苑官方 Li

◆圓滿培訓學苑官方網

｜現任｜

圓滿培訓學苑 創辦人
桃園市關懷生命協會 創會長
美國 NAHA 芳香療法認證顧問師
司儀、主持人專業培訓師及身心靈課程教練

｜經歷｜

國防部女青年工作大隊教官 / 國軍三軍聯合大會司儀
1992 年環球中姐
廣告公司負責人 / 中國廣播公司廣告代理商
電台、有線電視節目主持人 / 廣告及各類聲音配音員
南山人壽區經理 / 教育訓練講師
桃園福爾摩莎扶輪社創社秘書
2014年兩岸三地「我是好 講師」大賽：
最佳風采獎（一萬多人中脫穎而出）

｜著作｜

《做自己的導演》，白象文化，2007
《做自己的導演》，七張正能量有聲 CD 系列作者
易卜牌研發人、公共關係面相學 VCD（合著）

｜專長領域｜

易經面相八字陽宅／身心靈蛻變課程／
講師培訓／主持人、司儀培訓
團隊動能／面相、DISC 人格特質實務運用學／
商務及社交禮儀培訓

｜邀約｜

演講、授課電話：0965-271899　FB：林美玉 May

陳昇陽

◆桃園青年體驗學習園區講師◆

透過簡單卻具有啟發性的活動，讓學員「玩中學、深刻記、靈活用」。憑藉生動活潑的教學風格，在引導下，學員不僅是學習，更是在觀察、反思、實踐的過程中，發掘自身潛能，強化專業能力，並找回屬於自己的高光時刻。

LINE

◆活動邀約

園青年體驗學
區課程邀約

｜現任｜

桃園青年體驗學習園區講師
科技大學觀光休閒系講師
台北市教育局防治藥物濫用講師
中華華人講師聯盟 第 15 屆副秘書長

｜經歷｜

亞洲體驗教育學會正引導員
企業高階主管課程培訓講師
華人好講師比賽台灣區前十強
各大校園社團幹部 / 志工培訓營講師
國際獅子會講師培訓課程講師
中華健言社講師培訓班課程講師
華人講師聯盟講師培訓課程講師
銘傳大學師資培育中心課程講師
桃園市教育局穩定就學計畫講師
臺南市政府公務人力發展中心課程講師
內政部單身聯誼活動主持人
國立臺灣科學教育館活動主持人
各大專院校活動主持人
婚禮主持人

｜專長領域｜

體驗式活動課程設計・企業・
社團共識營・活動企劃主持・
青少年人際溝通・心靈成長課程

黃麗霞

◆教育部高齡自主學習團體帶領人◆

人生有目標千斤萬斤你敢挑，
人生沒目標一根稻草折彎腰。
發揮你的創作力，
激發你的潛在力，
讓你人生更美麗！

｜現任｜

國際同濟會台灣總會教育、議事、志工講師
國際同濟會台灣總會 A 級司儀
教育部高齡自主學習團體帶領人
教育部樂齡學習進階規劃師
新竹市竹松社區大學講師
達興稅務記帳士事務所 負責人
新竹市健言發展協會創會長
中華華人講師聯盟認證講師

｜經歷｜

國際同濟會台灣總會第 48 屆竹苗區教育長
國際同濟會台灣總會第 50 屆口語表達
推廣委員會執行長
社團法人中華民國健言社第 30 屆理事長
新竹市政府 109年終身教育特殊優良講師
新竹縣毒品危害防制中心講師
教育部閩南語語文能力認證考試中級合格
各社團講師及演講比賽評審

｜著作｜

《勇於超越的聲音》，渠成文化，2018
《霞女佳言集》

｜專長領域｜

藏頭詩創作／文字情境創作／講師培訓
／主持、司儀培訓
生活四句聯／兒童暑期營／
開會技巧與用語／日本和諧粉彩

俞冠鳳

◆ PoV 願景心理學 - 幸福 101 課程引導人◆

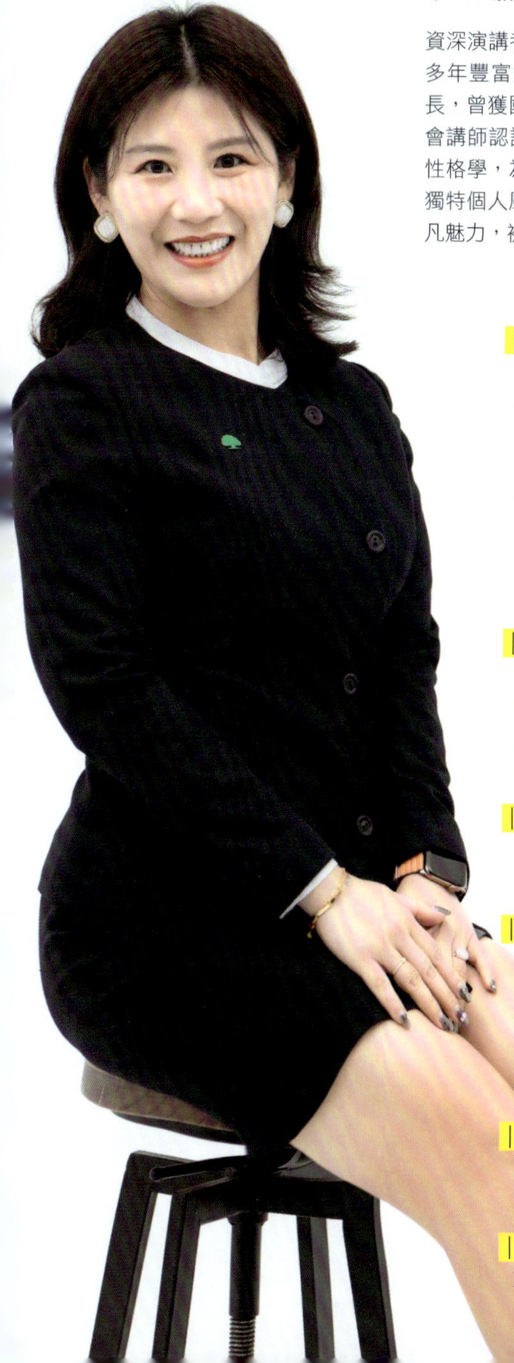

資深演講者、主持人與專業講師、培訓師，擁有二十多年豐富舞台經驗。現任中華華人講師聯盟副秘書長，曾獲國泰人壽全國第一名課長殊榮，並通過獅子會講師認證及 FDI 國際培訓師認證。專精於九型人格性格學，為 PoV 願景心理學幸福 101 課程引導人。以獨特個人風格及深厚專業素養，在各類舞台上展現非凡魅力，被譽為「舞台魅力的最佳名片」。

｜現任｜

中華華人講師聯盟第 15 屆副秘書長
PoV 願景心理學 - 幸福 101 課程引導人
致理科技大學國際貿易系系友會第四屆會長
國際獅子會 300B 複合區 學術長（2025-2026）
國際獅子會 300B1 區 第 11 分區主席（2025-2026）
國際扶輪社 3523 自行車隊醫療保險組 （2024-2025）
台北市國語實驗小學 家長會秘書長（113 學年度）
新北市警察局義勇刑事警察大隊顧問（114 年度）

｜經歷｜

中華華人講師聯盟超級講師／培訓認証委員會主委
國際獅子會第 16 期認證講師／ FDI 國際培訓師
獅子會／致理科技大學—會議典禮司儀・晚會主持人
ESG 永續管理師／ ESC 碳管理師雙認證師

｜著作｜

《利他一心》，誌成文化，2024
《夢想實踐家》（中華華人講師聯盟公益書籍）

｜獲獎記錄｜

國泰人壽 114 年高峰會丙組課全國第一名課長
（展大同一課）
國泰人壽展業區金馬獎 甲組 （展重新一課 2 區）
104 年全年度第三名／ 105 年上半年度第五名／
106 上半年度第六名

｜專長領域｜

團隊領導／市場開發／九型人格／
PoV 願景心理學／典禮司儀／晚會主持

｜聯絡方式｜

LINE / feng62　E-mail / feng62@gmail.com

推薦序

創造傳承百年功勳的講師們

中華民國商業總會 許舒博理事長

恭喜中華華人講師聯盟（簡稱華盟）在二〇二五年四月又集合十位實力級的講師，推出新書《人人都有演說天賦：十大講師從姿勢、聲調、故事，公開自我練習祕笈，開啟你的演說本能》。十位講師，羅懿芬、陳亦純、吳佰鴻、王禎鈺、官大煊、陳昇陽、高家偉、俞冠鳳、林美玉、黃麗霞都是講師界的一時之選，都在各崗位影響社會脈動！我仔細地了解華盟的歷史淵源，從二〇〇六年成立以來，共已經出版了八本聯合著作，而且都把這些作品用在義講時義賣，義賣金額捐助給海內外的弱勢群族！他們宣導中華文化，倡議互助團隊精神，並用創新思想引領民眾和時代同步成長！更讓人敬佩的是，華盟的團隊力量讓人尊敬！

在二〇二五年的一月九日，全國商業總會、華人講師聯盟、陶聲洋防癌基金會共同主辦的「ESG 樂齡健康長照論壇」，華盟的菁英講師們，發揮了合作無間的精神，包括事前的籌劃、主持、接待、上台演講、訪談、後製、媒體發布、志工團，將整個論壇呈現出輝煌壯麗的成果，台大國際會議中心會場擠得水洩不通！

我也知道華盟是全球華人地區，講師社團陣容最堅強的團隊，十幾位會長的領導下來，包括培訓、公開演講、文字及影音傳播，都是開風氣之先。

我確信優秀的講師不僅是知識的傳遞者，更是啟發者、引導者，甚至是社會新生的力量、思想引領者。

恭喜本書的十位作者，你們將在歷史留名，創造傳承百年的功勳！

我們都是好講師

中華華人講師聯盟二〇二五年 吳佰鴻理事長

演講是一個古老的技巧，考古學家發現，遠在數十萬年前就已經有社群集會。我們的祖先會圍繞著火堆席地而坐，在不同的年代隨著語言發展，人們開始學會分享他們的故事或夢想。

位於中間的分享者訴說他的想法或理念，其他的聽眾能夠了解他要傳達的思維與感受，進而產生共同行動的力量。可能是展開新的旅程、策畫發動戰鬥、或者是慶祝久違的豐收。

時至今日，演講的場合更為多元。講師或領導人握有麥克風，有舞台有教室，透過精彩的演講，可以增加共識、分享知識、啟發智慧、創造夢想及採取行動方案。

精彩的演講可以撼動聽眾，改變他們的世界觀。也可以激發情緒及鼓舞人心。優秀的演講者，更可以提升自己的價值，創造更多正面能量與影響力。

當 AI 席捲全球，真正不可取代的，是能夠激發靈感、串聯知識、促進行動的講師。站上講台的不只是傳道授業者，而是這個時代的變革推手。講師，已是新世代最耀眼的「鑽石職涯」。你的影響力，將決定未來的世界樣貌。讓我們一起成為人生的好講師。

《講師寶典：成為好講師的五部曲》，這是二〇二二年五月出版，是一本專為講師打造的實用指南，旨在幫助初學者與進階講師提升教學與演說能力。此書以「五部曲」的方式，系統化地解析如何從零開始，成為一位具影響力的講師。

《人人都有演說天賦：十大講師從姿勢、聲調、故事，公開自我練習祕笈，開啟你的演說本能》，三年後的續集，匯集十位超級講師深厚的功力，透過系統化的指導，幫助講師從定位、表達、教學方法、情緒管理到持續成長，全面提升教學能力。無論是日常分享、升學推甄、公司面試、新手講師還是有經驗的教育工作者，都能從中獲得寶貴的啟示與實用的技巧。

我是中華華人講師聯盟第十五屆理事長，這本書是華盟講師合輯的第九本書，內容由淺入深，豐富精采，學術理論及生活化的例子兼具，值得您好好閱讀！

上醫醫未病之病

陶聲洋防癌基金會 陳光耀董事長

在《千金要方論診候第四》裡面有一句話：「善為醫者，上醫醫未病之病，中醫醫欲病之病，下醫醫已病之病。」意思是說從事醫生職業的人，最好的醫療要在人們身體健康之時提供疾病預防，注重養生，保持健康。

本人從事醫療之務已經六十多年，連續奉獻陶聲洋防癌公益事業，亦已超過半個世紀，深知預防醫學之重要。

由預防來看國家強盛之道，教育、培訓、知識薰陶，可謂重中之重！

中華華人講師聯盟，成立將近二十年，在華人世界可說首屈一指，所影響之文化及培訓觀念，可說讓大眾敬佩，尤其所倡談的時代趨勢、創新及應用，可說和上醫之醫未病之病是同一道理。甚至華人講師聯盟的講師們，不但在本業努力，在公益慈善也大力著手，以往所出版的八本書，大部分作為分享弱勢，金額也高達數百萬，這真是非夸夸之言，是起而行並深入人心。

祝福十位實力級的講師，新書《人人都有演說天賦：十大講師從姿勢、聲調、故事，公開自我練習祕笈，開啟你的演說本能》必定引起更大的影響性，創造立即可用的風潮！

十位講師，羅懿芬、陳亦純、吳佰鴻、王禎鈺、官大煊、陳昇陽、高家偉、俞冠鳳、林美玉、黃麗霞都是培訓界的一時之選。

陶聲洋防癌基金會從二〇二五年的五十五週年起，希望與華人講師聯盟、台東鹿鳴溫泉渡假酒店成立培訓學院 ，作為民眾防癌抗癌及提高社會創新的競爭力，為我們下一代國民的生存空間，做最大的基礎建構，祝福這本新書大賣，受到大眾矚目！

我對好講師的表述

中華華人講師聯盟 張淡生創會長

恭喜華盟在二〇二五年吳佰鴻理事長集合十位講師，推出新書《人人都有演說天賦：十大講師從姿勢、聲調、故事，公開自我練習祕笈，開啟你的演說本能》。

華盟從二〇〇六年成立以來，共已經出版了八本聯合著作，而且都把這些作品用在義講時義賣，義賣金額捐助給海內外的弱勢群族，這是非常了不起的工程！

什麼是口語表達良好的好講師？

口語表達要快速的成長，需要不斷的練習，沒有練習就是準備練習失敗！

口語表達要快速的進步，需要充分的準備，沒有準備就準備漏氣！

口語表達要真正的進化，需要全力以赴的演出，沒有全力以赴的演出，不可能成為口語表達的高手！

好講師要培養傳道授業解惑的能力，要具備三者：

傳道者：是人師，要有高風亮節的情操！

授業者：是經師，要有學富五車的知識！

解惑者：要成為顧問師，有針對人們的疑難雜症，先見之明的來解決問題！

好講師也要培養三個條件：

啟發的：帶給別人好的想法、好的方法、好的做法！

激勵的：讓受眾能量再起，擁有生命再起的力量！

幽默的：幽默的化身，讓受眾享受課程的樂趣！

《人人都有演說天賦》中都把我所列舉的要素具備了，看了此書，你等於看了十本重要的培育口才、口條的書籍，請不要輕忽了！

你比你想得還厲害！

台東鹿鳴渡假集團創辦人 潘永豐

榮幸能為中華華人講師聯盟二〇二五年新書《人人都有演說天賦：十大講師從姿勢、聲調、故事，公開自我練習祕笈，開啟你的演說本能》做推薦。講師們在當前的台灣及全球都有重要的功能和責任，講師促進企業發展與社會進步，並有甚多功能與責任，我認為有幾項重點：

一、知識傳承與人才培育，這是講師在社會最重要的要務！

二、激勵與啟發，改變民眾正能量、正思維。

三、推動社會進步與價值觀傳遞。

四、環保與社會責任的推動，包括 ESG 及 CSR 等！

五、適應數位時代，擴大影響力！

這幾點我在中華華人講師聯盟的講師身上，都可以看到他們的實力及發揮。台灣現在進入超老齡社會，安養、療養、休閒、知識成長，成為重要事項。我願意提供在台東鹿野的鹿鳴渡假酒店，作為華人講師聯盟的培訓基地，用來培養更多的民眾走向正道的方向，我也要在每個房間裡面放此書，給來渡假或休閒的民眾，都有向華人講師聯盟的十位菁英講師學習的機會，甚至成為往後影響社會的優秀講師。

祝福吳佰鴻理事長及其他九位出書的作者，台灣有你們真好！

共同創造屬於這個時代的精彩講壇

國立中正大學成教所／高齡教育研究中心 胡夢鯨特聘教授

《人人都有演說天賦：十大講師從姿勢、聲調、故事，公開自我練習祕笈，開啟你的演說本能》是一部極具啟發性與實用價值的講師培訓著作。作為國立中正大學成教所特聘教授及教育學院前院長，我深知真正的教育在於激發學習者潛能，並將知識轉化為切實可行的行動。

本書系統呈現了從啟動破冰到回家應用的全流程演講教學法，並以豐富實例展示如何將理論與實踐完美結合，真正做到現學現用。書中運用了多元互動策略，展現講師以溫暖、從容的態度，透過生動示範、幽默互動與真摯故事，讓學員在輕鬆氛圍中掌握關鍵演說技巧。這正契合我一直倡導的「教育應激發靈感、促進行動」的理念。

書中十位講師在各自領域均取得卓越成就，同時展現出啟發、激勵及引領變革的能力。他們透過精心設計的課程，將教育與樂齡學習融入日常生活，為現代成人及高齡教育提供了全新的典範與方向。我深信，本書必將激勵更多講師不斷進修與創新，進一步推動知識傳承與社會正向發展。

因此，我誠摯推薦《人人都有演說天賦》，相信這本書將成為未來講師培育的重要參考資料，並助力我們共同創造屬於這個時代的精彩講壇。

成為好講師

● 吳佰鴻

講師的職業生涯是一場永無止境的自我修煉之旅。保持學習與進步是講師的基本素養，唯有持續成長，才能保持競爭力並創造更大價值。

好講師：未來的鑽石級職業

在知識經濟驅動全球發展的時代，擁有「能說善道」的能力不再只是加分，而是決定個人競爭力的關鍵。講師，這個曾經被視為附屬於教育與企業培訓的職業，如今正成為炙手可熱的鑽石級產業。

「會講課的不一定是專家，但專家一定要會講課。」

——彼得・杜拉克

知識變現：講師的黃金時代來臨

全球商業模式正從「產品為王」轉向「內容為王」，知識與經驗的價值提升。企業求才若渴，不僅要提升員工專業技能，更要打造企業文化與領導力；個人則渴望突破職涯瓶頸，尋求專業成長。這場知識革命，為講師帶來前所未有的機會。

「好的演講不是告訴觀眾你知道什麼，而是激發他們思考。」

——蘇格拉底

我從事教育培訓工作二十年，在華人地區的教學經驗豐富，已經舉辦十屆「華人好講師大賽」，培養兩岸無數的新手講師，此篇提供六個成為好講師必備能力，提供給大家參考。

① 表達能力：講師的核心

② 內容設計：講師的靈魂

③ 舞台魅力：講師的氣場修煉

④ 個人品牌：講師的影響力

⑤ 市場定位：找到自己的講師賽道

⑥ 持續成長：成為講師的標竿

① 表達能力：講師的核心

演講大師戴爾．卡內基曾說：「**一個人的成功，百分之八十五取決於溝通與表達能力**。」

對講師而言，表達能力是核心。即使你擁有豐富的知識，如果無法清晰、流暢、有感染力地傳達給觀眾，那麼你的演講就失去了意義。

在教學與演講的領域中，表達力是講師的重要能力。無論是知識的傳遞或是情感的溝通，表達力都扮演著極重要的角色。優秀的講師不僅需要具備深厚的專業知識，更需要透過有效的表達方式將這些知識傳遞給聽眾。

劉顧問是台北市企管顧問工會的會員，他是一位專業的行銷顧問，知識豐富，但他的演講總是讓人昏昏欲睡。

有一次，他在一場企業內訓中講解市場趨勢，課程內容紮實，但台下的學員紛紛低頭滑手機，甚至有人偷偷打瞌睡。

這次經驗讓他深受打擊，決定徹底學習改變自己的表達方式。

他沮喪地問我：「我準備了那麼多，為什麼沒人聽？」

我告訴他：「內容很重要，但表達是第一扇門。如果門沒打開，沒人會進來看你的寶藏。」

我告訴他，**提升表達能力的四個關鍵：**

一、**打造吸引人的開場白**：可以每天對著鏡子或錄影練習講話。
二、**掌握語調變化與停頓**：適時提高或降低聲音，讓觀眾更專注。
三、**運用肢體語言**：眼神接觸、手勢、動作能增加演講的感染力。
四、**講故事，而非說理**：人們更容易記住故事，將理論包裝進故事中。

打造吸引人的開場白

開場白是講師與聽眾建立聯繫的第一步， 也是決定聽眾是否願意繼續聆聽的關鍵。好的開場白應該能夠迅速抓住聽眾的注意力，並激發他們的興趣。常見的開場方式包括，提出一個引人深思的問題、分享一個有趣的故事，或者直接點出聽眾的痛點。

例如，講師可以問：「**你是否曾經在學習某個知識時，覺得自己記不住，卻找不到合適的記憶方法？**」這樣的問題能夠引發聽眾的共鳴，並讓他們對接下來的內容產生期待。

語言表達的藝術：簡潔、生動、有感染力

語言是講師表達思想的主要工具，語言表達的藝術至關重要。語言應該簡潔明瞭，避免使用過於複雜的詞彙或長句，以免讓聽眾感到困惑。

語言應該生動有趣，通過比喻、類比等修辭手法，將抽象的知識轉化為具體的形象，讓聽眾更容易理解。語言具有感染力，講師可以通過語調的變化、情感的投入，讓聽眾感受到知識的價值和重要性。

例如，講師可以說：「**想像一下，這個方法就像記憶力的鑰匙，能夠打開你通往學習的大門。**」這樣的表達方式既生動又富有感染力。

非語言表達：肢體語言、眼神與聲音的運用

除了語言表達，非語言表達也是講師不可忽視的重要工具。肢體語言、眼神交流和聲音的運用，都能夠增強講師的表達效果。

肢體語言應該自然大方，講師可以通過手勢、站姿等方式，傳遞自信和專業的形象。眼神交流能夠拉近講師與聽眾的距離，讓聽眾感受到被重視和關注。

聲音的運用也很重要，講師可以通過音量、語速和停頓的變化，來強調重點並吸引聽眾的注意力。例如，**講師可以在講到關鍵點時，稍微停頓一下，讓聽眾有時間思考和消化**。

讓聽眾記住你的內容

讓聽眾記住你的內容，是講師表達力的目標。內容的結構應該清晰有序，講師可以使用分段、總結等方式，幫助聽眾更好地理解和記憶。

講師可以使用故事，讓聽眾對關鍵內容留下深刻印象。還可以互動的方式，讓聽眾參與到講解過程中，例如提問、討論等，這樣不僅能夠提高聽眾的參與度，還能加深他們對內容的記憶。

例如，講師可以在講解完一個知識點後，問聽眾：「**你們覺得這個方法在實際生活中可以如何應用？**」這樣的互動能夠讓聽眾更加主動思考和記憶。

《小提示》

表達力是講師的核心能力，它不僅表現在語言的運用上，還包括非語言表達和內容的設計。打造吸引人的開場白、運用簡潔生動的語言、掌握非語言表達的技巧，以及設計易於記憶的內容，講師可以有效地提升自己的表達力，從而更好地傳遞知識。

「世界上最偉大的老師，都是最會講故事的人。」

——羅伯特·麥基

② 內容設計：講師的靈魂

內容設計是講師的必備工作，決定了課程的價值和吸引力。好的課程不僅需要具備紮實的知識基礎，還需要合理的設計，讓聽眾能夠輕鬆理解並應用所學內容。我將探討如何設計有價值的課程內容、結構化思維的運用、以及案例與互動的設計。

庭妤是一名職場培訓講師，她曾信心滿滿地準備了一場時間管理的課程，PPT 塞滿了理論和圖表。

然而，課後學員反饋：「聽得很累，記不住重點。」庭妤很困惑，直到她聽了我的課程。

我只用了一個「番茄工作法」的故事——如何用二十五分鐘寫完一篇演講稿——就讓全場學員牢記這個方法。

庭妤這才明白：內容不是越多越好，而是要有靈魂。

我告訴他，**優秀內容設計的三個關鍵：**

一、**開場吸引力**：用問題、數據、故事引起觀眾興趣。

二、**清晰的結構**：採用「總—分—總」（**總起—分述** 1—**分述** 2—**分述** 3—**總結**）來整理內容。

三、**案例與數據支持**：用具體的案例和數據讓內容更有說服力。

她開始學習內容設計，將過去的理論知識，轉化為「問題導向」的方式，比如「為什麼有些人越忙越焦慮，而有些人越忙越成功？」這樣的開場方式吸引了學生的注意。她還利用「金字塔原則」來整理內容，確保演講主題清晰，資訊層次分明。

「金字塔原則」最上層是表達的「目的或結論」，中間層是用來支持結論的「重點或原因」，最下層則是用來解釋重點的「案例或數據」。

設計有價值的課程內容

要設計有價值的課程內容，需要明確知道聽眾的需求和目標。講師應該在課程設計之前，進行完整的調研，了解聽眾的背景和學習目標。才能確保課程內容具有針對性和實用性。

課程內容應該聚焦於核心知識點，避免過於冗長或偏離主題。講師可以使用關鍵概念，並結合實際案例，讓聽眾更容易理解和應用。

結構化思維：從邏輯到故事的轉化

結構化思維是設計課程內容的重要工具。結構清晰的課程，能夠幫助聽眾更好地理解和記憶內容。講師可以先概述整個課程的框架，然後逐步展開各個部分，最後進行總結和回顧。

講師還可以將邏輯性強的內容轉化為故事形式，講述一個完整的故事，來傳遞知識和觀點。**例如，在講解市場行銷策略時，講師可以講述一個品牌從無到有的成功故事，來展示各種行銷策略的應用和效果。**

案例與互動：讓課程更有趣、更實用

案例與互動是提升課程趣味性和實用性的有效手段。使用實際案例，講師可以展示知識的應用場景，讓聽眾更容易理解和記憶。

例如，在講解專案管理時，講師可以使用實際的案例，展示如何制定計劃、分配資源和解決問題。

互動環節能夠提高聽眾的參與度，讓課程更加生動有趣。

《小提示》

內容設計是講師的靈魂，它決定了課程的價值和吸引力。

設計有價值的課程內容、運用結構化思維、將複雜知識簡單化，以及設計案例與互動環節，講師可以有效地提升課程的效果，輕鬆傳遞知識。

「如果你不能簡單地解釋一個概念，那代表你還沒真正理解它。」

——愛因斯坦

講師可以提問、討論和小組活動等方式，讓聽眾積極參與到課程中。

例如，在講解「團隊合作」時，講師可以進行分組活動，讓聽眾在模擬中體驗團隊合作的重要性。

③ 舞台魅力：講師的氣場修煉

文漢是一位內向的工程師，第一次上台講解技術時，手足無措，講話結結巴巴，甚至一度忘詞。觀眾看得尷尬，他自己更是懊惱不已。後來，他決定學習舞台魅力。

他參加華人好講師大賽的培訓，開始模仿優秀講師的肢體語言、練習站姿。

他發現，舞台魅力來自於「自信、能量與互動」，只要站穩腳步、目光專注、語氣堅定，觀眾就會更專注於你的演講。

很多人以為，舞台魅力是天生的，但事實上，它是可以後天培養的。

我提供**提升舞台魅力的四個關鍵：**

一、**站穩與控制身體語言**：雙腳穩定站立，避免小動作分散注意力。

二、**目光接觸**：掃視全場，讓每位聽眾感受到你的關注。

三、**舞台移動**：適時走動，但避免過度搖晃或來回踱步。

四、**善用停頓與節奏變化**：讓觀眾有時間思考你的內容。

克服舞台恐懼

舞台魅力是講師與學員建立連結的關鍵，不僅影響教學效果，更決定講師的影響力。從克服舞台恐懼到展現自信魅力，每一步都是講師的必修課。

克服舞台恐懼是每位講師必須跨越的第一道門檻。恐懼源於對未知的擔憂，而充分的準備是最好的方法。透過反覆演練、熟悉場地和設備，以及設定合理的期望值，能有效降低焦慮感。我的建議是，**將注意力從自己轉移到聽眾身上，能顯著減輕緊張情緒**。

舞台上的自信與魅力

舞台上的自信與魅力來自於專業能力和自我認知的結合。講師需要對所講內容有充分把握，同時展現真實的自我。適當的肢體語言、眼神交流和語調變化，都能增強舞台表現力。更重要的是，**要相信自己的價值，這種內在的自信會自然流露，感染聽眾**。

與聽眾建立情感連結

與聽眾建立情感連結是提升教學效果的關鍵。講師要具備同理心，能夠理解聽眾的需求和困惑。分享個人經歷、使用生動案例和適時互動，能拉近與聽眾的距離。例如，**在講解專業知識時穿插相關的生活故事，能讓內容更易理解和記憶**。

《小提示》

舞台魅力的修煉是一個持續的過程，需要講師不斷反思和改進。
每一次上台都是新的挑戰，也是成長的機會。
通過不斷實踐和調整，講師能逐漸形成獨特的舞台風格，在教學中發揮更大的影響力。

內容為王，但演繹方式才是關鍵。

——蓋伊・川崎

④ 個人品牌：講師的影響力

知識經濟時代，個人品牌已成為講師影響力的重要來源。一個強大的個人品牌不僅能提升講師的專業形象，還能擴大其影響力，吸引更多聽眾和機會。我將探討如何打造和提升講師的個人品牌：如何打造獨特的講師形象、社群媒體與個人品牌的結合、從講師到 IP 的轉變，以及持續輸出價值的策略。

鄭雲龍老師是一名脊椎保健講師，但市場競爭激烈，他的課程一直無法脫穎而出。他決定透過社群媒體打造個人品牌，每週發布免費影音課程、上電視分享脊椎保健知識，甚至開設免費講座，讓更多人認識他。

短短時間，他的粉絲從幾千人成長到百萬人，許多企業主開始邀請他授課，收入也大幅提升。

他的經驗告訴我們，個人品牌的建立，需要持續輸出價值，讓更多人知道你的專業。

成為一名受歡迎的講師，不僅要有專業能力，還要建立個人品牌。

鄭老師分享**打造個人品牌的三個關鍵：**

一、**專業形象定位：**找到你的核心專業領域。

二、**持續內容輸出：**透過官網、粉絲團、影片、社群媒體分享知識。

三、**建立個人風格：**讓你的演講和內容有獨特性。

打造獨特的講師形象

打造獨特的講師形象是建立個人品牌的第一步。講師需要明確自己的專業定位和核心價值，並以形象設計、語言風格和內容特色來展現個人魅力。可以根據自己的專業領域和目標聽眾，確定一個清晰的定位。

例如，專注於職場技能培訓的講師，可以塑造「實戰派專家」的形象。

講師的外在形象也應與定位相符，穿著得體、舉止大方，能夠增強聽眾的信任感。講師的語言風格和內容特色應具有辨識度，讓聽眾馬上能聯想到你。

社群媒體與個人品牌的結合

社群媒體是打造個人品牌的重要平台。講師可以社群媒體展示專業知識、分享見解，並與聽眾互動，從而擴大影響力。講師應選擇適合自己的媒體平台，例如 LinkedIn 適合專業人士，Instagram 和 YouTube 則適合視覺化內容的分享。

講師定期發布有價值的內容，例如專業文章、影片或直播，保持與聽眾的互動和連結。還可以媒體參與行業討論，展示自己的專業觀點，進一步提升個人品牌的影響力。

從講師到 IP：如何讓自己脫穎而出

從講師到 IP 的轉變，意味著將個人品牌提升到更高的層次，成為具有廣泛影響力的知識型 IP。要實現這一目標，講師需要具備獨特的內容創作能力和市場洞察力。

講師開發具有個人特色的課程或產品，例如線上課程、書籍或工作坊，並以多種通路進行推廣。講師可以跨界合作或參與公共活動，擴大自己的影響範圍。與知名企業合作舉辦講座，或參與廣播、電視節目、Podcast 等媒體曝光。講師要不斷創新，保持內容的新鮮感和吸引力，讓自己始終保持活耀。

持續輸出價值：內容創作與影響力擴展

持續輸出價值是個人品牌長久發展的關鍵。講師要持續內容創作，不斷為聽眾提供有價值的知識和見解，從而鞏固和擴展自己的影響力。

講師應制定內容創作計劃，確保定期發布高水準的內容。講師還可以建立社群或會員制，與核心聽眾建立更緊密的聯繫，進一步提升品牌忠誠度。

《小提示》

個人品牌是講師影響力的重要來源。
打造獨特的講師形象、結合社群媒體、實現從講師到 IP 的轉變，以及持續輸出價值，講師可以有效地提升自己的個人品牌，擴大影響力，並在知識經濟時代中脫穎而出。

真正的影響力來自於品牌，而不是單場演講的掌聲。

——賈伯斯

⑤ 市場定位：找到你的講師賽道

小高是個熱血講師，他想教所有人創業，結果市場反應冷淡。

有一次，他聽到一位企業家抱怨：「找不到針對新手創業者的實作課程。」小高靈機一動，決定調整定位，專攻「零基礎創業」，推出「三十天開店實戰」課程。

沒想到，第一場就爆滿。

市場定位是找到屬於你的賽道，它讓你的課有明確的受眾。小高如今已經是「新手創業教練」的代名詞。定位清晰，才能跑對賽道。

找到自己的講師定位

成為一名成功的講師，要找到適合自己的市場定位。 盤點自己的專業背景與優勢，在哪些領域能提供獨特價值。思考你的個人風格與教學特色，你自己是偏重理論分析、案例分享，還是實戰指導？

當你在這些因素中找到交集，便能確立你的講師定位，打造屬於自己的專業品牌。

市場需求與個人優勢的結合

講師需要找到一個既能發揮自身優勢，又符合市場需求的切入點。例如，如果你擅長溝通技巧，應研究哪些行業或企業最需要這項能力，如銷售團隊、客服人員或企業管理層。

觀察市場趨勢，結合個人專長，能讓你更具競爭力。善用社群媒體、知識型論壇等平台，了解潛在學員的痛點，進一步優化你的課程內容，使其真正符合市場需求。

《小提示》

參加《華人好講師大賽》，或是加入華盟，提升自己的專業認證。
如培訓師資格證書或企業管理認證，增加市場信任度。
當你成功進入企業培訓市場，將能夠拓展更廣闊的發展空間。

找到你的專業賽道，然後專注成為該領域最具影響力的講師。
——東尼·羅賓斯

從講師到企業培訓師的轉型

要學習企業培訓的課程設計思維，確保內容能夠解決企業的實際問題，例如提高員工績效或改善團隊溝通。與企業建立合作關係，透過試講、免費講座或內部培訓機會，逐步累積企業客戶。

⑥ 持續成長：成為講師的標竿

老李當了十年講師，卻發現課程人數逐漸減少。他以為是市場飽和，直到聽眾說：「你的內容十年都沒變。」

老李驚醒，開始學習新工具，比如用 AI 分析聽眾需求，還去國外進修版權課程及說故事技巧。

回來後，他的課融入了新案例及新的課程設計，於是學員人數重新爆滿。

好講師持續成長的三個方法：

一、**閱讀與增進新知識**：每天學習新知識，了解世界的脈動。

二、**向優秀講師學習**：觀看頂尖演講，拆解學習，並內化運用。

三、**參加講師社群**：與同行交流成長，華盟就是我們相當推薦的講師成長社團。

> **《小提示》**
>
> 講師的職業生涯是一場永無止境的自我修煉之旅。在這個知識快速更新的時代，唯有持續成長，才能保持競爭力並創造更大價值。
> 保持學習與進步是講師的基本素養。不僅包括專業知識的更新，還涉及教學技巧的提升和新技術的掌握。千萬不要只用一招混十年。
> 建立系統化的學習計劃，講師可以學習線上教學平台的操作，成功將課程轉型為混合式教學，提升教學效果。
>
> 你的課程不是為了炫耀知識，而是為了讓學員收穫成長。
>
> ——賽門・西奈克

講師的商業模式：課程、諮詢、出版

講師的變現模式不僅限於授課，而是可以透過多元商業模式來提升收益與影響力。第一種是課程授課，包括線上課程、現場培訓、企業內訓等。

第二種是諮詢服務，針對企業或個人提供一對一指導，幫助學員量身打造解決方案。

第三種是出版與內容變現，例如撰寫專業書籍、電子書或推出訂閱制的知識付費專欄。透過這些方式，講師可以建立多重收益來源，提升個人品牌價值與市場影響力。

講師的自我反思與改進

自我反思是講師成長的重要途徑。每次課程結束後，進行教學效果評估和學員反饋分析，能幫助講師發現不足並及時改進。建立個人教學檔案，記錄成功經驗和失敗教訓，能形成寶貴的成長資料庫。

從講師到導師：幫助他人成長

從講師到導師的轉變，是生涯發展的重要里程碑。指導新手講師，分享經驗教訓，不僅能幫助他人成長，也能深化自己的專業理解。這種利他行為往往能帶來意想不到的回報，如新的合作機會或更廣闊的視野。

華人好講師大賽：十年磨一劍，成就業界標竿

在過去十年間，華人好講師大賽不僅見證了行業變遷，更成為無數講師的事業跳板。許多講師藉由參與賽事，找到個人專業定位，建立品牌影響力，從企業內訓師進階為國際級講師。

十年來，華人好講師大賽見證了無數講師的成長與蛻變。從初賽到決賽，每一位參賽者都在不斷挑戰自我，提升表達能力與專業素養。大賽不僅考驗講師的知識儲備，更注重其臨場應變能力、情感共鳴與觀眾互動技巧。

對歷屆冠軍與優秀選手的分析，我總結了成功講師的十大特質：

一、專業知識深厚：具備紮實的理論基礎與實踐經驗。

二、表達能力出色：語言清晰流暢，邏輯縝密，能將複雜的概念簡單化。

三、情感共鳴力強：善於打動人心，引發觀眾的情感共鳴。

四、互動能力佳：能與觀眾建立良好的互動，調控現場氣氛。

五、創新思維活躍：不斷探索新的表達方式與教學方法。

六、自信從容：面對壓力時能保持鎮定，展現自信風采。

七、時間掌控精準：能在有限時間內高效傳遞核心內容。

八、形象氣質佳：注重儀表與肢體語言，展現專業形象。

九、學習能力強：持續學習新知識，與時俱進。

十、使命驅動：以幫助他人成長為己任，具有強烈的社會責任感。

未來講師的發展方向

隨著科技發展與社會變遷，未來講師的角色將更加多元。除了傳統的知識傳遞，講師還可以具備以下能力：

——數位化教學：善於運用線上平台與數位工具，擴大影響力。

——跨界整合：結合不同領域的知識，提供跨學科的解決方案。

——個性化服務：根據學員需求，提供定制化的學習體驗。

——社會影響力：以講師身分推動社會進步，傳遞正能量。

結語：好講師之路，利人利己利天下

你的好講師之路，從這裡開始。這條路或許充滿挑戰，但也充滿機遇。

每一次備課、每一次授課、每一次與學員的互動，都是成長的機會。

成為一名優秀講師的過程，本身就是一個不斷壯闊自己、擁抱世界的旅程。

讓我們以開放的心態擁抱變化，以專業的精神追求卓越，以利他的情懷創造價值。在這條好講師之路上，你不僅能實現個人的理想，更能為社會創造持久的價值，留下屬於自己的時代印記。

線上影音課程《好講師大賽致勝關鍵》

請掃描 QR code，共有三十部影片可以學習。

華人好講師大賽不僅是競技場，更是講師們成長與突破的契機。

未來，成功的講師將繼續以專業、創新與使命感，

引領更多人走向卓越。

◆線上影音課程《好講師大賽致勝關鍵》

從回饋到成長：講師與評審改變他人的力量

● 羅懿芬

讓我們把回饋當成一次雙向互動的對話，讓每一次回饋都成為彼此成長的契機。只有當回饋文化真正落地，才能推動學習與改變。

回饋，不只是評價，而是一種影響力

愛，就是在別人的需要上，看到自己的責任。

——德蕾莎修女

當我們站在台上，無論是講師還是評審，我們不只是傳遞知識或評分高低，而是在影響他人的學習軌跡。每一句回饋，都可能成為一盞明燈，幫助學員找對方向；也可能是一個關鍵建議，讓參賽者在下一次表現更好。

我從一開始參加演講與辯論比賽的「素人」，一路走到今天的講師與評審，深刻體會到回饋在這個過程中扮演的關鍵角色。十七年來，超過兩千場的培訓與評審經驗，讓我看見了回饋如何推動無數學員與參賽者不斷突破自我。

本篇將以「學員、評審、講師」三種不同視角，探索回饋的影響力：如何提供真正有價值的回饋，讓它成為推動學員與選手前進的力量，而不僅是一時的評論？當我們手握麥克風時，又該怎麼讓回饋發揮最大效益，成為改變他人的正向能量？讓我們一起展開這場回饋之旅。

① 回饋的本質與影響——一句話如何帶來改變？

回饋不只是評價，而是一種影響成長的關鍵力量。一句適當的回饋，可能讓一個人更有信心、更願意嘗試，甚至改變他未來的學習與發展軌跡。本單元，我們來探討**為什麼回饋能帶來改變，以及什麼樣的回饋才能真正發揮作用**。

回饋為何能改變一個人？關鍵不只在建議！

如果沒有回饋，學習者往往不知道自己做得如何，更不確定該如何進步。一句恰到好處的回饋，不只是點出問題，更是提供清楚的調整方向，讓對方知道：「**下一步該怎麼做？**」

回饋的影響力，不僅限於提供資訊，更能改變一個人的心態。史丹佛心理學教授卡蘿・杜維克（Carol S. Dweck）提出的「成長型心態」概念說明，當一個人相信自己能透過努力進步時，他會更願意接受回饋，並積極調整自己；但如果他認為能力是固定的，那麼任何回饋都可能被視為批評，甚至直接拒絕。因此，好的回饋，除了給予改進方向，更重要的是影響學習者的心態，讓他們相信自己能夠改變。

●實際案例：金口獎比賽冠軍

記得我剛開始學習演講時，在一次社內演講比賽中，評審給了我這樣的回饋：「你的內容很有說服力，口條也很清晰，但表達節奏太快，觀眾可能會跟不上。如果能調整一下，你一定會成為很棒的演說者。」

這句話，讓我意識到自己的優勢（說服力、口條），但也點出改善的方向（節奏太快）。因為評審的肯定與具體建議，我開始嘗試放慢語速、調整語氣，結果觀眾的反應明顯不同，甚至有人說：「你的演講讓我很有共鳴！」

就是這個回饋，幫助我改掉了快節奏的表達習慣，最終讓我在當年度的全國國語金口獎比賽中奪冠。回饋真正的價值，不在於指出問題，而是讓對方意識到自己的潛能，並願意付諸行動去改變。

高品質回饋必備三大要素，少一個都不行！

並非所有回饋都能促進成長。有些回饋過於模糊，甚至讓人更挫折，反而適得其反。例如：「你的演講有點呆板。」或「你的肢體太僵硬。」這些話除了讓對方覺得被批評，並沒有提供任何改善方向。

相較之下，若改為：「你的演講結構其實很清晰，如果能搭配一些手勢與表情變化，會讓內容更生動！」這樣的回饋不但容易接受，也讓學習者知道該如何調整。

好的回饋，通常有三個特點：

一、**具體性**（Specific）：避免模糊評論，如「不錯」「可以再加強」，應指出明確的優勢與改善點。例如：「你的 PPT 版面顏色協調、圖文恰當，整體視覺效果很棒。」

二、**可行性**（Actionable）：對於可改善的地方，應提供明確、可執行的建議，例如：「你的手勢動作可以高一點，超過腰部，這樣台下觀眾比較容易看到。」

三、**建設性**（Constructive）：用正向方式表達，強調進步的可能性，讓對方不只是被批評，而是清楚知道「怎麼做會更好」。

●實際案例：一位線上遊戲賽評的困擾

我在線上遊戲公司培訓主播賽評多年，有位資深玩家，對自己的賽評能力很有自信，但有聽眾反映他的聲音不夠清楚，公司也覺得他在螢幕前的專業感不足，讓他十分困擾。

看過他直播的影片後，我給他的回饋是：「你的評論精準，節奏掌控很好，充分展現你對遊戲解析的專業。不過你的發音習慣較鬆散，口唇肌力稍弱，導致咬字有時會含糊，這讓觀眾需要額外專注去理解內容，影響觀看體驗。如果每天加強咬字清晰表達練習、鍛鍊口唇肌力，你的專業形象一定能進一步提升。」

他開始運用這些方法來改善發音，兩個多月後，果然表達更清晰流暢，觀眾回饋也更加正面。公司對他的表現十分滿意，如今他不只是廣受歡迎的賽評，還成為 YT 知名網紅，擁有大量粉絲支持。

這個案例展現了高品質回饋的三大特點——具體、可行、建設性。有效回饋不只是指出問題，而是讓對方知道「怎麼做會更好」。

有些人為何抗拒回饋？破解心理防禦機制！

有些人一聽到回饋就產生抗拒，覺得對方是在否定自己；也有人能把回饋視為進步的機會。關鍵在於「成長型心態」。

例如，老師說：「這篇作文還可以再加強。」有些學生可能會想：「我是不是寫得很差？」但如果老師換個說法：「你的作文觀點很清楚，如果能加上一些例子，說服力會更強！」學生就更願意修改，而不會感到挫折。

讓回饋更容易被接受的三種做法：

一、**先肯定，再給建議**：根據「回饋干預理論」的研究，結合肯定與建議的回饋能更有效幫助學習者成長。建議從對方做得好的地方開始，提升他的自信，再提出可改進之處。常見的做法如「三明治法則」（肯定－改進－鼓勵），能降低學習者的防衛心，進而更願意接納建議。例如：「你的主題很有吸引力，這是一個很好的起點！如果開場能加點故事或數據，會讓觀眾更快投入。」

二、**用提問引導思考**：學員有時會受限於自身觀點，如果透過提問從不同角度引導，能激發更多思考，也降低對抗感。問句能讓對方主動參與，感受到自己的想法被重視，進而更樂於接受回饋。例如：「你的 PPT 字體太小了，應該放大。」可以換成：「如果觀眾坐在最後一排，你覺得現在這個字體大小能讓他們看得到嗎？」

三、**讓回饋成為日常習慣**：不要只在特定時間才給予回饋，應該在課程或演練中，安排互評、討論等活動，讓學員熟悉並習慣「給回饋」與「被回饋」。例如，課程中可安排小組互評或 Yes & No 環節，讓每個人都能扮演回饋者與被回饋者，進一步反思自己能改進的方向。

●實際案例：講師班——從肯定到調整

新講師在試講後，講師回饋：「你的教學設計活動豐富，讓課程生動有趣，不過這麼多的活動，對一小時課程會不會有時間壓力？」

新講師在實際試講後，發現活動引導的確有點匆忙；因此，在後續設計時，他會考量活動屬性及時間配置。調整後的課程不僅生動活潑，也更有節奏與時間掌控，課程進行得更從容完整，學員的學習體驗也明顯提升。

這個案例說明了：當回饋不再只是「考核」，而是一種「學習工具」，學員的接受度自然更高，進步也會更快！

② 評審如何給出公平又有幫助的回饋

評審的回饋不只是評分，而是幫助參賽者看見成長的可能。好的回饋能讓選手明確自己的優勢，也能幫助他們突破盲點，進一步提升表現。然而，在有限的時間內，如何提供公正且具建設性的回饋？這正是評審應該掌握的核心能力。

評審如何保持公平性？避開三大常見盲點！

在比賽中，評分不僅影響選手的成績，也關係到比賽的整體公信力。身為評審，要怎麼確保給出的回饋既公平又一致，讓每位選手都能信服並從中獲益？

評審的三大公平性原則：

一、避免個人偏見，確保評分的專業性

評審應依照主辦單位的評分標準，如：內容結構、聲音技巧、肢體動作、服儀台風、機智反應等，避免個人主觀偏好影響評分及選手的感受。例如：「我覺得你的風格不夠吸引人。」應該改為：「如果你能適當變化語調，讓內容更有節奏感，一定會更有吸引力。」

二、專注於個別選手的成長，避免比較型回饋

演講比賽影響因素很多，選手在台上表現各有所長；有的內容紮實但外功較弱，有的口條優異但肢體表現較不自然。回饋時不應比較選手 A 與選手 B，而應專注於每位選手的進步空間。例如：「你的內容比剛剛那位選手還有層次。」應該改為：「你的內容脈絡清晰、表達流暢，如果在結尾多加一句呼籲，會不會讓觀眾更有印象？」

三、如何在評審團內部保持評分一致性？

不同評審對「好表現」的標準可能不同，賽前評審應進行標準對齊（calibration）、確保每位評審對比賽標準有相同理解；例如：比賽前安排評審會議，討論評分標準與回饋方式，確保尺度一致。

當評審同時兼顧三大公平性原則，就能讓選手真正感受到「公平」，也更願意相信並採納我們的建議，進而在下一場比賽或下一次演講中取得更好的表現。

評審的時間挑戰：如何在三十秒內給出有效回饋？

比賽現場的回饋時間通常很有限，評審該如何在最短的時間內，提供最具影響力的回饋？

一、「黃金三十秒法則」：快速組織回饋內容

評審如何快速整理你的回饋架構，確保有條理、有重點、有行動指引；在正式比賽，當一位選手比賽完退場，到下一位選手上台，間隔不到一分鐘，這時評審需要在「黃金三十秒」內完成評分並組織內容。

回饋時間分配：

前十秒：簡單概括選手表現的優勢。

中十秒：提出一個最關鍵的建議，而不是列出所有問題。

後十秒：強化選手未來可以提升的方向，給出行動建議。

二、選擇最具影響力的重點，而非列出所有細節

比賽選手眾多，評審回饋時間有限，應該盡可能照顧到每一位選手，所以只能選擇最重要的建議。例：「你的內容結構很清楚，下一步可以加強情感表達，讓故事更有張力。」；再則，因過多細節短時間內無法完整陳述，太多建議也會讓選手無所適從，例：「你的手勢、眼神、站姿、音量、語速都可以再調整一下。」

評審不只是評分者？引導選手成長的三大關鍵！

在賽場上，評審常被視為「評分機器」，但其實，我們能做的遠不止打分數，而是幫助選手找到更好的自己。如果回饋只停留在「你的內容架構不錯，但語調要更有變化」，那只是技術指導，少了對選手成長的引導。

如何從「評分者」變成「引導者」？

評審的回饋，除了公平、具體，更要讓選手聽完後產生「原來我可以變得更好！」的感覺，而不是單純被評論。試想，一位選手滿懷期待地聽評審回饋，卻只聽到：「你的手勢有點僵硬。」他可能心裡想：「然後呢？我該怎麼改？」

一、強調選手的亮點，讓他們有信心再出發！

選手站上台本來就不容易，如果第一句話就只講缺點，信心可能瞬間跌到谷底。不妨先告訴他：「你的語調很穩定，這是台上表達的一大優勢！」讓他知道，自己不是完全沒做對，而是在原有的基礎上可以再優化。

二、不要急著「告訴答案」，先引導他自己發現問題！

當選手的演講缺少吸引力，與其直接說：「你的開場不夠抓人。」不如問他：「如果你是觀眾，最想聽到哪一點？」這種方式不僅減少防禦心，還能幫助選手深入思考。

三、幫助選手看得更遠，不只關注當下表現！

對於已經表現不錯的選手，評審的角色更像是「開路人」，引導他們挑戰更高層次。例：「你的定題演講已經很穩定，下一步可以挑戰即興演說，鍛鍊現場應變能力！」這樣的回饋，能讓選手對未來的進步充滿期待，而不是只專注於當下的缺陷。

當回饋不只是評價，而是一場引導，選手才能真正成長！

我們的目標不只是告訴選手「哪裡有問題」，而是讓他們知道「怎麼變更好」，甚至幫助他們看見自己都沒發現的可能性。

當選手走下台的時候，如果他不只是拿走一張評分表，而是帶走一個「更有自信的自己」，那麼，這場比賽就不只是競爭，更是一場成長的旅程。

③ 講師如何讓學員聽得進、學得會、用得上！

講師的回饋與評審最大的不同在於：回饋不只是點評，而是學習的一部分。評審的回饋通常短暫而精煉，但講師的回饋，則需要讓學員能夠理解、應用，甚至內化成長期的能力。關鍵就在於：如何讓學員聽得進、學得會、用得上？

講師 vs. 評審：回饋方式有什麼不同？

評審的回饋，往往是短時間內給出最關鍵的建議，講求簡潔與明確。而講師則不同，回饋不只是給意見，更是一種引導學員成長的過程。

一、**評審的回饋**：強調「精準評估」，短時間內點出選手優勢與改善點。例如：「你的內容結構清晰，如果開場能更有吸引力，會更好。」

二、**講師的回饋**：不僅提供建議，更讓學員實際體驗改變。例如：「你的內容結構很清楚，這是一個優勢。來試試看，在開場時加入一個與簡報主題相關的問題或數據，看看觀眾的反應會不會更專注？」

評審的回饋是給出方向，而講師的回饋則是引導學員透過實踐體驗效果。

讓學員願意接受回饋三個方法

講師的回饋再好，如果學員聽不進去，一切都是白費。因此，第一步是降低學員的心理防禦，讓他們願意接受建議。

——方式一：建立眼見為憑的專業信服度

「我不相信這個人，就不會相信他所說的話。」我常提醒講師班學員：「你教什麼，別人就會放大什麼」，以身作則的講師才能讓人信服；例如：簡報老師的 PPT 堆疊密密麻麻的文字、圖片粗糙，很難讓人相信你對 PPT 的回饋值得信任；信服的建立，來自講師專業的持續精進與自我要求。

●實際案例：評審形象與專業度影響回饋接受度

我曾經擔任一場全國演講比賽的評審。當比賽結束後，評審們輪流上台講評，其中一位評審穿著休閒服、運動布鞋，外面套著一件微皺的夾克。一上台，他就對選手說：「這麼重要的比賽，你們真的有重視嗎？」接著一連串批判，導致台下觀眾和選手開始竊竊私語。

這樣的評審，能讓選手心服口服嗎？如果評審自身形象不夠專業，參賽者就更難接受他的回饋。**講師也是如此，專業度直接影響回饋的說服力**。

——**方式二：回饋方式影響學員接受度**

如果學員覺得講師是「在挑毛病」，他們會傾向防備；但如果學員相信講師是「在幫助他們成長」，他們會更樂於接受回饋；學員的接受度來自於講師回饋過程是否給予肯定與尊重。

一、避免負面批評式表達：也就是「你可以這樣做得更好」，而非「你做錯了什麼」；例如：學員簡報時，因為怕遺漏、PPT 塞滿重點；「你的 PPT 內容太多、聽起來很零碎」，可改為「你的 PPT 內容資料很多，如果能用分類或分頁的方式，一頁講一個重點，台下觀眾較能清楚你的觀點」。

二、善用範例支持建議：使用具體範例幫助學員理解，例如：「你的簡報內容架構有點混亂，可參考演講的三段論法：開場、主文、結論整理，這樣整體邏輯性會更強、更有層次感。」

——**方式三：用問題引導學員參與**

與其直接把答案告訴學員，不如先提出關鍵問題，讓他們自己去思考和發現問題所在，並且參與解決。比方說，你可以問：「這頁簡報的圖片和文字這麼多，你希望觀眾第一眼就注意到哪個重點呢？」

透過這樣的提問，學員會主動思考該如何取捨或強調重點，講師也能藉此進一步給予建議。如此一來，回饋不再只是單向的指令，而變成一場雙向的探索和討論，讓學員更能認同並落實改進。

讓學員學得會，關鍵在於回饋的「可操作性」

提供回饋時，光是告訴學員「應該這樣做」還不夠，因為他們可能不知道「怎麼做」。好的回饋應該是具體、可操作，還要讓學員清楚如何一步步地實現，如果只說：「你的簡報太平淡。」這樣的回饋很模糊、學員並不知道怎麼改；換個方式：「試著加上一張 Before & After 對比圖，讓觀眾一眼就能看出差異，你的簡報會更生動。」這就顯得具體多了，然而，學員還是需要知道該去哪裡找素材、怎麼排版、如何呈現重點，才能真正把這個建議落實。

因此，要讓學員「學得會」，就得進一步示範或引導他們動手做，甚至提供範例或模板。如此他們才能把這些建議真的用在自己的簡報裡，並且看得出明顯的改善效果。

有效的講師回饋，應該讓學員**有方法、能執行、看得見改變**。可以透過以下方式來強化回饋的可操作性：

一、**示範法**：讓學員「看到」不一樣做法的效果。比方說，播放優秀學員在台上分享的影片，或是講師親自示範在台上如何使用手勢動作。用「Yes & No」的對比來呈現不同感覺，讓學員印象更深刻，有清晰的參照。

二、**漸進式改進**：不要一次給太多改變，依照學員的程度、分階段給予調整建議。例如：可以先從最基本的音量和語速開始，接著再進入手勢或肢體語言如何輔助演說，循序漸進，學員也比較能跟得上。

三、**即時回饋**：當學員在課堂上完成某個動作或呈現一段內容後，即時給予建議，並讓學員馬上嘗試調整。這樣能讓學員在第一時間感受到不同做法帶來的差異，學習效果往往更好。

●實際案例：從模糊到具體的回饋

有位學員在演講時非常緊張，表情和肢體動作都顯得僵硬。當時老師只說了一句：「你可以再放鬆一點。」這種模糊的回饋，學員並不知道該怎麼「放鬆」。

後來，講師換了一種方式：「試試看：一上台先不要急著開口，穩住腳步，然後輕輕深呼吸，並且帶著微笑環視全場。等過了三到五秒，再開始說話。這樣能讓緊張的情緒慢慢舒緩。」接著，講師還親自示範一次。結果，學員練習幾次後，發現自己的狀態真的穩定多了。

這就是具體回饋的力量！只要回饋夠精準、夠實際，學員就能真正落實，從中獲得明顯的成長。

④ 回饋的應用與挑戰（應用篇）

回饋是一股促進成長的力量，但在實務中，總會碰到各種挑戰。例如：有些學員不願意接受回饋，或者雖然收到了回饋，卻沒能明顯進步。這時，回饋不只是講師的責任，更需要建立機制，幫助學員真正理解、接受並落實回饋。本單元將探討三個關鍵問題，並提供實用策略，讓回饋發揮真正的影響力！

學員不問怎麼辦？讓他們主動求回饋的三個小心機！

有些學員總是被動接受回饋，甚至覺得「老師講什麼就聽聽，改不改再說」。但真正能進步的人，往往是那些主動尋求回饋、樂於調整的學員。該怎麼讓學員開口求回饋，養成「主動調整」的習慣呢？

一、讓「回饋」成為學習流程的一部分

如果學員覺得回饋只是「附加選項」，他們就不會主動在意。但當回饋自然融入學習過程，學員就會習慣去尋求意見。例如：

- **國際演講協會（Toastmasters International）及各地健言社**，讓學員輪流擔任講員、講評、總評，不只練習演講，也學會如何給回饋、接受回饋，甚至期待回饋。
- **課堂設計「回饋站」**，學員發表後，自由詢問二～三位夥伴的意見，形成互相回饋的學習文化。

二、設計「回饋挑戰」，讓學員自然開口

有時候，學員不是不想改，而是不知道該怎麼問。這時可以透過挑戰機制，讓學員「有理由」開口，例如：「這週挑戰：請向三位同學請教你的簡報改進點，並記錄下來。」

「請找一位夥伴，每人互評三個優點＋一個調整建議，試試看有沒有不同的觀察角度。」

這類活動能降低學員開口的心理門檻，也讓回饋成為學習的一部分。

三、讓學員親身體驗「回饋」帶來的進步

許多學員不習慣求回饋，是因為他們沒親自體會過回饋帶來的成長；許多講師班或簡報課，會安排「試講＋團隊回饋」，讓學員比較「修改前」和「修改後」的版本。當學員發現「這句話這樣改，觀眾反應更好！」或「這個肢體動作調整後，台風更穩！」，他們就會對回饋產生信任感，更願意主動去找建議。

思考一下：你的學員有主動求回饋嗎？
他們會在課後主動請教老師建議嗎？會詢問夥伴或同學，希望獲得不同視角的回饋嗎？會針對回饋進行修改，然後再請求意見嗎？如果這些行為幾乎沒發生，代表學員還沒建立「主動求回饋」的習慣。試試這些方法，幫助他們邁出第一步！

聽了還是不改？這關卡怎麼破！

有時候，學員雖然聽了回饋，也知道該改進什麼，但實際表現卻沒有明顯進步。這可能是因為回饋沒有轉化為具體行動，或者沒有內化成習慣。該如何幫助學員真正落實改變？

一、讓回饋變成「具體行動」

許多回饋過於抽象，例如：「你的演講語速太快。」改為：「下一次演講，每個重點句子後停頓 一～二秒，並控制演講稿的字數，每分鐘二百～二百五十字。」學員更容易執行。

二、拆解改進目標，設定「小步驟」

如果一次要學員調整語速、音調、肢體動作，可能會讓他們無從下手。更好的方式是循序漸進：第一週先調整語速、第二週加強語調表達、第三週進入肢體語言，這樣能讓學員逐步調整，而不會因為改變太多而停滯不前。

三、創造多次練習的機會，強化改變

光聽回饋是不夠的，學員需要有機會「做」。例：錄製演講影片，根據回饋修正後再錄一次，讓學員看到自己的進步。例：在課堂中設計「快速練習」，例如三分鐘試講，立即調整後再來一次。這樣，學員才能透過反覆實踐，逐步內化新的表達方式。

思考題：你的學員是否真正落實回饋？

- ✓ **他們是否只「聽」回饋，卻沒有真正改變？**
- ✓ **是否會針對回饋設立改進計畫，並逐步實踐？**
- ✓ **是否有機會透過多次練習來強化新的表達方式？**

如果學員聽完回饋卻沒有改變，那麼可能需要調整回饋方式，幫助他們轉化為可執行的動作。

回饋不該是單行道！講師也該接受「成長助攻」！

回饋不該只是單向的，學員的回饋同樣能幫助講師調整教學方式，讓課程更有成效。優秀的講師，不只是給回饋的人，也應該是願意接受回饋的人！

一、建立「回饋文化」，讓學員敢於對講師提建議

許多學員不敢對講師提意見，怕被誤解或影響師生關係。如果講師主動說：「我希望知道大家的真實想法，這樣我才能做得更好！」，並開放匿名回饋機制，學員會更願意給出建議。

二、學會篩選回饋，找到真正有價值的建議

並非所有回饋都需要立即改變。例如：「我希望這堂課多放幾個笑話。」這只是個人偏好，未必符合課程目標。但如果多數學員都覺得「案例部分太長，導致練習時間不足」，那麼這就是需要調整的回饋。

思考題：你是否接受來自學員的回饋？

- ✓ **你是否主動向學員徵求課程回饋？**
- ✓ **學員是否覺得你願意聆聽他們的意見？**
- ✓ **當學員給回饋時，你能理性篩選，適時調整教學方式嗎？**

真正的好講師，不只是影響學員成長，也願意透過回饋讓自己變得更好！

結語：讓回饋成為影響力的延續

回饋，不只是「給建議」或「指出問題」，它更是一股能推動人成長的力量。在這本書裡，我們一起探索了什麼是有效的回饋、如何在不同角色中給予回饋，以及用回饋解決實際挑戰。

不管你是講師、評審，還是學員或職場工作者，回饋真正的價值就在於：能不能成為對方前進的動力，而不是無形的壓力。每一句回饋，都在幫助對方看見更好的自己，也可能成為促進改變的關鍵。

下次當你給回饋時，不妨先想想：「對方聽得懂嗎？有沒有具體可行的建議？能不能讓他更有信心？」而當你收到回饋時，也可以問問自己：「這裡面有沒有能幫助我進步的地方？」

讓我們把回饋當成一次雙向互動的對話，讓每一次回饋都成為彼此成長的契機。只有當回饋文化真正落地，才能推動學習與改變。現在，就從我們自己開始，讓回饋成為推動成長的力量，也成為我們影響力的延續！

樂齡優良教師
成功演說祕訣

● 王禎鈺（小鈺老師）

只有讓學員主動參與，知識才能真正轉化為行動，並持續影響他們的日常生活。

在現今知識爆炸、資訊瞬息萬變的時代，成為一位成功講師不僅需要深厚的專業知識，更需要豐富的實戰經驗與情感溝通的智慧。嘿，我是小鈺老師！身為教育部樂齡學習中心的「樂老師」，我多年來累積的教學實踐和人生閱歷，塑造了一種獨特且珍貴的教學風格。透過溫暖、從容且充滿同理心的講解，我將複雜知識轉化為簡單易懂、貼近生活的實用技巧，讓每位學員在輕鬆愉快的氛圍中學習並收穫滿滿。

「樂齡」一詞源自新加坡，指五十五歲以上的族群，鼓勵終身學習，讓我們忘卻年齡的束縛。「學習」已成為成功老化的重要一環，彰顯高齡者擁有學習意識並積極參與活動的重要性（林麗惠，2006）。建立有益的學習氛圍不僅是第一步，更

樂齡演講甜甜圈

是整個教學過程中持續努力的方向（胡夢鯨，1998；魏惠娟，2013）。

本篇《樂齡優良教師成功演說祕訣》將與您分享我在演講中的寶貴經驗與實用祕訣。我以「防癌養生飲食」為例，從全場熱身破冰、吸睛的自我介紹，到精心設計的主題內容與互動環節，再到現場營養薑湯烹調示範、有獎徵答及回家應用，每個環節都蘊含著溫度與智慧。透過「啟動破冰」、「吸睛介紹」、「互動設計」、「示範教學」、「有獎徵答」和「回家應用」這六大互動方式，我為有志成為講師的您提供了一套結合國立中正大學成人教育理論所設計的「樂齡教學 123 法則」系統性教學藍圖。這套理論強調現學現用，創造吸引人的學習氛圍（魏惠娟，2016），讓您在學習與實踐中切身感受到由真情與經驗累積而成的力量。

希望這篇內容能成為您備課與演講的參考範本，激發您的教學熱情。讓我們一起將實用知識與溫暖傳遞給每一位需要的人，共同創造出屬於我們的精彩講壇。

演講前、中、後的準備與注意事項

以下是我在籌備和執行一場精采的防癌健康飲食演講時所做的準備工作、現場注意事項以及演講後工作的重點整理。這三個表格分別涵蓋了演講前準備工作、演講中注意事項與演講

演講前準備工作

項目	細項／注意事項	說明
投影片製作	字體大、內容精簡（僅呈現重點）	便於學員遠距離閱讀，避免資訊過多
教具準備	防癌料理機、示範食材、飲用水、試飲杯、托盤、延長線、教具桌	確保示範和互動順暢
上課資訊確認	確認對象（背景、年齡、目的、人數）、時間、地點、設備	根據狀況調整講座內容與互動方式

演講中注意事項

項目	細項／注意事項	說明
語速調整	語速放慢 30% ～ 50%	讓學員有充分理解與反應的時間
現場互動	提問、分組討論、角色扮演、適時重點回顧	增強參與感、加深知識記憶
氣氛掌控	適時停頓、鼓勵回應、使用小獎品	保持輕鬆愉快的氛圍、促進學員主動參與

演講後工作

項目	細項／注意事項	說明
學員反饋蒐集	-- 發放問卷 -- 線上回饋表單 -- 面對面訪談	蒐集學員對講座內容、互動環節、示範教學等各方面的意見，作為改進依據
資料整理	-- 整理錄音、拍攝影片、照片 -- 彙總重點回顧內容	將當天講座的所有資料進行歸檔，方便日後檢討與分享
成效評估	-- 分析問卷結果 -- 統計學員參與度與互動情況	評估講座成效與學員滿意度，並找出需要改進的部分
後續追蹤	-- 建立學員聯絡群組（如 LINE、FACEBOOK） -- 定期推送健康資訊	持續維繫與學員之間的聯繫，鼓勵學員分享回家應用情況，並持續提供支援
自我反思與改進	-- 撰寫個人教學反思筆記 -- 與同事或同行交流經驗	根據反饋與數據，找出優點與不足，制定下一次講座的改進計畫
報告與數據統整	-- 撰寫講座總結報告 -- 整理關鍵數據與案例分享	向相關單位或團隊匯報講座成果，並作為未來講座的參考資料

後工作中的項目與細項，供大家參考。當然，您不一定要完全照做，請根據自己的實際情況選擇最適合的做法。希望這些經驗能為您提供實用的參考，讓您的演講更加成功！

① 啟動破冰

在我開始每一場講座之前，我都深知第一印象的重要性。對我來說，啟動破冰就是打開大家心門的鑰匙，讓每位學員從一開始就能感受到輕鬆、愉悅，進而進入學習狀態。

我的破冰哲學

我常說：「一個熱情的開始，能夠點燃全場的學習動力。」因此，每當我站在講台上，首先就會安排一個簡單又充滿趣味的破冰環節。我發現，對於樂齡學員來說，適當的身體活動和熟悉的音樂能快速調動大家的情緒，讓他們擺脫剛到場的拘謹。

我的「十巧手熱身運動」

在「防癌養生飲食」演講中，我喜歡用一個叫做「十巧手」的熱身運動作為破冰環節。這個活動是我多年來摸索出的祕訣，它不僅能讓大家放鬆身心，還能拉近我與學員之間的距離。

我會先播放輕鬆愉快的《瀟灑走一回》，讓熟悉的旋律瞬間打開大家的心扉。接著，我親自示範一系列簡單的伸展動作——雙手向上伸展、肩膀左右擺動、頸部輕輕扭動等等。每個動作我都賦予一個有趣的名字，如「十指交扣」、「捏耳朵轉圈圈」，讓學員在動作中也能感受到樂趣。我會鼓勵大家跟著我一起動，並大聲喊出「臉部帶著笑容，動起來！動起來！」這樣，大家不僅活動了筋骨，也在不知不覺中進入了學習的狀態。

◆小鈺老師示範十巧手破冰熱身運動影片

破冰帶來的改變

每次當我看到學員們在破冰環節中露出笑容、輕鬆互動時，我就知道這個環節起到了極大的作用。這種身心上的暖場不僅讓大家更快融入課程，也讓我能夠在後續的教學中更自如地與大家交流。這正是我堅信的啟動破冰法則：用五分鐘的音樂與運動喚醒學員的熱情，從而打下成功講座的基礎。

② 吸睛介紹

講師的自我介紹和課程概述，是我與學員建立第一印象的關鍵時刻。每當我走上講台，我總會用幽默而真摯的方式打破冰層：「大家好，我是陶聲洋防癌基金會總監王禎鈺，學生都叫我小鈺老師，不過我可是人，不是西瓜喔！」這樣輕鬆風趣的開場，總能引起台下聽眾的笑聲，迅速拉近我們的距離，並讓大家對我的專業背景與即將分享的內容產生濃厚興趣。

小鈺老師帶領八百人同時掌聲響起的震撼破冰運動

我的個人故事

對我來說，分享自己的故事不僅是自我介紹，更是一種情感傳遞。我曾在二十三歲時因病癱瘓，那段在醫院病床上無助嚎哭的經歷，讓我深刻體會到健康的重要與病痛如何牽動整個家庭。那時候，我在病床上對老天許下心願：「如果有機會恢復健康，我願意出來幫助需要幫助的人。」後來，我發現許多疾病都是由飲食不當引起，於是我開始深入研究防癌養生飲食，並將自己的經驗轉化為簡單易懂的健康知識。

在自我介紹時，我總會用溫暖而真摯的語氣，向大家敞開心扉，分享我如何一步步從病痛中走出，找到屬於自己的健康之道。我特別提醒自己，要放慢語速，並重複講解二至三次重點，確保樂齡學員能夠充分理解並記住。我常說：「我不怕辛苦，只怕來不及救人。」當這句話說出時，我總能看到學員眼中閃爍的共鳴光芒，彷彿在告訴我，他們也願意與我一起為健康努力。

吸睛介紹的效果

每當我以這種真誠而清晰的方式介紹自己，學員們總能迅速抓住重點，並對接下來的內容充滿期待。真摯的故事與明確的結構，不僅幫助學員建立信任，更激發了他們的學習動力。

聽到我的故事，他們不僅了解了我的專業與背景，更感受到了我對健康的熱忱與堅持，這份正向能量也為整場講座注入了強大的活力與動力。

在台上要保持笑容與吸睛的肢體語言

③ 互動設計

我深知單向講授容易讓學員感到疲倦，尤其對樂齡學員而言，只有互動才能真正激發他們的學習熱情。因此，在我的講座中，我精心設計了各種互動環節，讓大家從被動聆聽轉變為主動參與，甚至我會跑到台下與學員近距離互動，真正拉近彼此距離。

樂齡教學 123 登場

在分享完我的個人故事後，我會運用「樂齡教學 123 法則」來開啟這場活潑生動的「防癌養生飲食」演講，讓學員清楚知道今天的內容安排：

1 **個主題**：今天的主題是「防癌養生飲食」。

2 **個活動**：

(1) 現場示範教學：以輕鬆簡單易學的方式現場製作一鍋營養薑湯。

(2) 互為貴人環節：透過互相按摩，教大家如何緩解落枕和膝蓋保養的簡單按摩。

3 **個回家應用**：

(1) 落枕即刻舒緩：學習簡單的頸部伸展與按摩動作，快速緩解落枕痛楚。

(2) 膝蓋保養按摩：掌握基本按摩技巧，有效減少關節疼痛。

(3) 日常飲食調整：了解如何輕鬆將營養薑湯融入日常餐飲，達到健康效果。

這種結構化的安排，讓學員從一開始就能清楚地掌握課程重點，也為接下來的互動環節奠定了基礎。

我的互動環節設計

在講座進行中，我會利用重要的投影片來輔助教學，並鼓勵大家拿出手機拍照保存。然後，我會帶著學員一起跟讀投影片上「簡單」、「醒目」的重點字詞。為了激發大家的思考，我會不時拋出幾個簡單問題，例如：

「各位認為哪些食材對預防癌症特別重要？」

「你平常早餐吃些什麼？覺得健康嗎？」

這些問題不僅促使學員反思自己的飲食習慣，也讓我了解大家的需求，從而調整後續講解內容。隨後，我會以講述法分享蔬食寒熱表，並整理出關鍵重點反覆講解，確保每個知識點學員都能牢記。

台上台下互動

在每個講解環節結束後，我會安排互動活動，讓學員積極參與，從而真正內化所學知識：

(1) **跟讀重點**：邀請學員跟讀投影片上的關鍵字詞，加深印象。

◆落枕快速處理示範影片

互動按摩總是能引起全場笑哈哈

(2) **現場提問**：例如「食療三重點？」鼓勵學員舉手回答。

(3) **互動按摩**：安排學員兩人一組互相進行按摩大開闔，讓大家在實際操作中感受舒緩效果，真正體會到「互為貴人」的意義。

透過這種多元的互動方式，我不僅促進了學員對健康飲食的理解，也讓大家在分享中相互啟發，共同進步。這正是我堅信的互動設計法則：**只有讓學員主動參與，知識才能真正轉化為行動，並持續影響他們的日常生活**。

④ 示範教學

實際示範比單純講解更能打動人心。以「營養薑湯」為例，這道防癌養生的飲品不僅促進血液循環、緩解肌肉僵硬，更展現了自我保養與飲食調理的智慧。透過現場示範，學員能親眼見證製作過程，將抽象理論轉化為具體操作，進而增強信心與實踐能力。

現場示範的意義

在講解防癌養生飲食時，我總是選擇一道簡單、營養豐富的菜餚來示範。這不僅讓學員了解每道料理背後的科學與健康理念，也讓我能即時解答疑問，使理論與實踐完美結合。

我的營養薑湯示範

- **食材**（一次洗切好分裝在冷凍室）

  10 克油、10 克薑、400 克南瓜、100 克馬鈴薯、50 克生腰果、750 克水、1/2 茶匙鹽、兩小撮黑胡椒

  →我會向學員介紹各種食材的健康功效，如薑具有抗發炎和抗氧化作用，南瓜連皮帶籽全食物低溫烹調，富含維生素和礦物質。

- **操作流程**

(1) 爆香：將油與薑放入防癌料理機美善品主鍋，於約 120°C 低溫下爆香三分鐘。

(2) 烹煮：加入南瓜、馬鈴薯、腰果和水，調至約 100°C 慢煮十五分鐘。

(3) 調和： 最後加入鹽和黑胡椒並以高速攪打一分鐘，趁熱享用。

→我會在大螢幕投影片上以大字顯示「爆香」、「烹煮」、「調和」，並用緩慢、清晰的語速重複講解每個步驟，確保大家能跟上。

- **現場互動：**

在烹調過程中，我會邀請學員上台協助操作，讓他們親自體驗每一步的重要性，從而加深記憶與實作感受。

小鈺老師現打的營養薑湯博得滿堂彩

示範教學帶來的改變

每次示範結束後，我總能看到學員臉上滿意的笑容和點頭認可。當學員親眼見證並動手操作後，知識不再僅僅停留在腦海，而是轉化為日常生活中的實用技能。這種實踐性的教學模式，使學員對防癌養生飲食有了更深刻的理解與認同，並激勵他們回家後持續應用我所分享的健康祕訣。我喜歡傳遞正確知識，更以行動告訴大家：健康生活可以如此簡單而充滿樂趣。這正是我堅持現場示範的原因——**讓學員看得見、摸得著，並真正愛上這種健康的生活方式**。

◆內熱源營養薑湯教學影片

影片 1:13 為營養薑湯製作

⑤ 有獎徵答

在講座接近尾聲時，我總會請大家掃 QR CODE 加入 Line 群組，讓大家可以保持聯絡，並安排有獎徵答環節。這不僅能回顧當天重點，更能激勵學員、活躍現場氣氛，確保知識深入人心，避免「**說過馬上忘記**」。

我的有獎徵答設計

在設計有獎徵答時，我遵循以下原則：

- **題目聚焦重點**

  所有問題都直接圍繞「防癌養生飲食」的核心內容。例如，我會問：「請問食療的三重點？」或「每天建議至少攝取多少 CC 油脂對預防失智有幫助？」這樣的問題既簡單又精準，幫助學員重溫講座重點。

- **形式靈活**

  我會根據現場氣氛採用不同形式：有時舉手搶答，有時抽籤，甚至分組競賽，確保每位學員都有參與機會，讓大家在互動中鞏固知識。

- **獎品激勵**

  為了激發參與熱情，我會準備一些小獎品，如健康堅果包、手作紀念品等，讓學員在參與中獲得實實在在的獎勵，進一步提升學習成就感。

有獎徵答的現場回顧

我記得有一次，我問學員：「請問在防癌養生飲食中，為何我們特別加入薑？」台下有位學員立刻回答：「因為薑能抗發炎、抗氧化！」確認正確後，我立即發放小禮品給他。這樣的互動不僅讓回答者獲得成就感，也讓全場學員在反覆回顧中牢記了關鍵知識。這正是我堅持有獎徵答的法則——**在歡樂氛圍中學習，讓知識深植心中**。

有獎徵答總是整場演講最高潮的時候

⑥ 回家應用

對我而言，講座的最終目標並非僅是讓學員在現場聽懂，而是要讓他們回家後將所學知識實際應用到生活中。這就是我非常重視「回家應用」環節的原因。

回家作業設計

每次精彩的講座結束後，我都會設計一些簡單且具操作性的回家作業，並且請學員回家將自製的營養薑湯成品拍照傳到我們的 Line 群組，看看誰的動作最快，這樣可以幫助學員將知識轉化為日常習慣：

- **落枕即刻舒緩**：學習簡單的頸部伸展與按摩動作，快速緩解落枕痛楚。
- **膝蓋保養按摩**：掌握基本按摩技巧，有效減少關節疼痛，促進末梢循環。
- **日常飲食調整**：輕鬆將營養薑湯融入餐飲，實現內外兼修的健康效果。

回家應用的成效

我曾收到一位學員李大哥的訊息，他說自從開始嘗試我示範的營養薑湯後，他感覺整個人的體力明顯提升，連睡眠品質也改善了。這些真實案例讓我堅信：**只有讓學員把課堂所學真正融入日常生活，知識才能產生持久價值**。

我對未來的期許

我始終相信，教育的力量在於持續應用與改變生活。每次回家應用，就像在學員心中種下一顆健康的種子，隨著時間逐漸發芽、茁壯。未來，我希望通過更多互動與後續追蹤，幫助學員實現「防癌養生」理念，進而提升整個家庭的健康水平與生活質量。總之，回家應用環節不僅是知識的延伸，更是將健康理念實踐於生活中的關鍵步驟。我期望每位學員都能持續改變，讓健康成為日常，並在不斷實踐中收穫更美好的生活。

結語

從全場熱身破冰、簡短而吸睛的自我介紹，到精心設計的主題內容與互動環節，再到現場營養薑湯烹調示範和有獎徵答，最後讓學員回家應用，每一個環節我都仔細策劃並反覆練習，讓整場演講結構分明、節奏緩慢而有力。

我始終堅持這些原則：

- **語速放慢**：演講時放慢語速，讓每位學員都有充足時間理解和消化資訊。
- **投影片精簡**：用大字體，只呈現最關鍵的內容，確保大家都能輕鬆閱讀。
- **多元互動**：通過提問、分組討論和有獎徵答，反覆強調重點，避免大家「說過馬上忘記」。
- **現場示範**：無論是營養薑湯的烹調、運動操或按摩技巧，要讓學員親眼見證，甚至親自操作，真正做到「看得見、摸得著」。
- **情感共鳴**：用自己的經歷和溫暖故事打動人心，讓大家感受到健康的重要，並在互動中體會到「互為貴人」的精神。

以「防癌養生飲食」為例，我結合了營養薑湯示範與簡易身體保養技巧，使整場講座既實用又生動有趣。從食材準備、現場操作到互動問答，每一個細節都展現了我對健康教育的用心與專業。我希望這篇《樂齡優良教師成功演說祕訣》能成為您備課和演講的參考範本，讓您在每次講座中都能以「慢、清、簡」的原則打動學員，幫助他們在輕鬆的氛圍中學習自我保養的實用技巧。讓我們攜手前進，不斷進步，創造屬於我們的精彩講壇，將實用知識與溫暖傳遞給每一位需要的人。我始終堅信，人生越簡單越美好：「簡單的事重複做，您就會成為專家；重複的事認真做，您就會成為贏家。」與大家共勉之！（王禎鈺、陳亦純，2024）。

◆小鈺老師防癌養生飲食演講影片

參考文獻

1. 王禎鈺、陳亦純（2024）。樂齡智慧。臺北市：誌成文化出版社。
2. 林麗惠（2006）。台灣高齡學習者成功老化之研究。人口學刊，33，133-170
3. 胡夢鯨（1998）。成人教育學理論與模型。臺北市：師大書苑有限公司。
4. 魏惠娟（2013）。創造有效的成人學習：理論與應用。飛訊，161，16-18。
5. 魏惠娟（2016）。樂齡學習規劃師訓練方案 : 教學 123 設計模式。飛訊 ,221,1-22。

其實你和你想的不一樣：上台演講與表達力

● 高家偉

透過腳本的設計，不僅能傳遞核心訊息，還能延續演講的影響力，讓觀眾在心中留下深刻印象，真正做到「溫暖觸動，深植人心」。

You can't connect the dots looking forward; you can only connect them looking backwards. So you have to trust that the dots will somehow connect in your future. You have to trust in something - your gut, destiny, life, karma, whatever.

你無法預見未來如何串聯這些點，你只能在回顧時才能看到這些連結。你必須相信這些點在未來某個時刻會以某種方式串聯起來。不論是直覺、命運、人生、因果，或其他任何東西。

感謝有這個機會用這句話來做口語表達方法的開場，疫情前常駐中國二十二年，每次返台總想做些什麼，發現台灣有非常多學習社團，常利用短暫的時間去學習一些講師課程，也因為這樣常常接到一些演講及授課，學以致用，回顧過往這些點點滴滴都一點點的串連起來了。

這是演講最好運用的方法，金句名言——借力使力法。很多朋友認為「上台演講」是一種天賦，只有少數人才具備。然而，事實是：上台、拿麥克風、面試、說故事，都可以透過學習與練習而掌握的，甚至是可以被激發的！

常發現一些現象：

一、許多老師學者學富五車，但在課堂上就是沒法讓學員喜歡或是公開演講時很難吸引觀眾。

二、很多人認為自己「不敢上台，討厭上台」，甚至害怕拿麥克風。

三、不少企業老總自信滿滿，認為拿麥克風很簡單，但一上台講話，台下聽眾卻紛紛打瞌睡。

四、許多報考 EMBA 的朋友，不知道「口試」是非常重要的一關，往往這部分都失分。

因此，希望分享一些演講與表達技巧，讓更多朋友可以用對方法提升自信，掌握舞台的魅力，甚至可以多一個斜槓成為講師賺取智慧財。

① 破除怯場心魔：從「膽怯退縮」到「從容自信」

破釜沉舟，化恐懼為力量

許多調查顯示，公開演講是人們最擔心的事情之一，僅次於死亡。華盛頓大學的一份研究指出，超過百分之七十五的人對在公共場合演講感到恐懼。更令人驚訝的是，公開演講的恐懼排名甚至高於死亡，在統計數據中，公開演講被列為最令人害怕的事，恐懼來自於未知與不確定。本章將探討如何克服這種恐懼。

心理建設：將舞台視為你的主場，改變對上台的負面認知

從大學時期就在補習班打工，三十多歲開始創業一直至今，每週都會親自主持公司內部會議以及加盟合作夥伴的教育訓練，另外每年會做遊學的招生說明會，這樣上台演講是沒有問題的吧？永遠記得多年前第一次參加大型遊留學教育展，要上台演講二十分鐘，這對我來說是家常便飯，上台前幾天還特意寫了稿並且還花時間死記硬背，沒想到當天上台後看到台下滿滿人潮，真不知怎麼了馬上雙眼昏花，腦子一片空白，整個僵住了，真想挖個洞把自己埋進去，不知道那次演講是怎麼結束的，完全記不起說什麼？

現在回想也許這就是激勵我學習演講的動力吧，台上一刻鐘台下十年功，正的舞台表現，絕非一蹴可幾，只有經歷過，才能體會到這句話的深刻與真實，分享**成功演講的 STAR 法則**：

S - Script 講稿：善用講稿做準備，寫講稿培養邏輯，確保內容完整，提升演講流暢度。

T - Thought 思維：在腦海中預演成功演講，建立正向自我對話，告訴自己已經準備好了。

A - Audience 觀眾：了解觀眾的需求，傳遞核心訊息，而非過度關注自己的表現，讓演講內容更具影響力。

R - Relaxation 放鬆：透過深呼吸穩定情緒，接受不完美，讓自己在舞台上保持自然、自信的狀態。

改變姿勢：雙手插腰，減少緊張感

讓自己培養一種方法可以在上台前建立自信，抱持著「做什麼像什麼的態度」，這樣可以讓你減少緊張。哈佛大學心理學家 Amy Cuddy，她的 TED 演講《姿勢決定你是誰》在全球擁有近四千萬次觀看，成為最受歡迎的演講之一。試著將雙手插腰二分鐘，藉由強勢的姿勢來增加自信，看了這個演講後我一直在用這個方法，教學員在上台演講前找一個沒人注意的地方，廁所也可以，雙手插腰二分鐘，調整呼吸，這樣會使你上台前的緊張感注意力轉移，自我催眠，可以減少上台時的緊張憂慮，真的很有效，建議大家下次上台不妨試試。

小步驟突破：先從小型場合練習，再逐步挑戰更大舞台

很多朋友說不知道怎麼練習演講，最好的方法就是參加一些社團，分享一些演講協會資訊，例如中文演講會，建言社，中華華人講師聯盟等，這些社團可以認識很多朋友及很多講師先進，可以做些演講練習，教學相長，非常鼓勵對演講懼怕的

朋友去參加，而且每次參加的費用都很便宜，我到現在還是維持參加其中的社團不斷學習。

「各位最美麗、最帥氣、最有學習力的朋友們，大家下午好！」

這是我最常用的開場法，在演講前做好文字演講稿，然後將演講開場的第一句話或問候語，死記硬背反覆練習上千次，最好是睡覺時也多練習，讓它成為你的肌肉記憶，當你站上台前先找個地方雙手插腰二分鐘，上台後拿起麥克風什麼都不想，一開口就把那句常用的問候語說出，一鼓作氣，自信開場，克服緊張，好的開場就是成功的開始。

② 吸引力演講法：借力使力，巧用金句，展現知識力

言之有物，發人深省

林語堂大師曾說：演講要像女孩子的迷妳裙，越短越好。很多時候會臨時被叫上台做自我介紹或是分享，但常因為沒有準備不知道要說些什麼，這句金句就很適合拿來做分享，說的多不如說的巧，以免上台詞窮不知所云，還可以讓人有記憶點。整理了一些方法可以借力使力，讓演講可以言之有物，讓人有記憶點：

一、善用名言金句：引用經典語錄，增強演講的說服力與深度

我可以數出一顆蘋果裡面有多少種籽，但我無法算出一粒蘋果籽可以種出多少顆蘋果！

第一次參加華盟的共識營，懿芬前理事長用這句話做講師培訓的結語，我馬上抄錄起來，自己是做教育培訓的，覺得一定有機會可以用到。許多書籍常會撰寫名人金句，傳遞正能量，或是心靈雞湯讓人有感受。很多朋友是蘋果粉，賈伯斯說了很多名言都是大家耳熟能詳，能運用在演講場合中，有時不僅可以增加同溫層的溫度，更可以讓講者提升自身價值。

以下列出一些名言金句適合在演講時用的：

Think for yourself and let others enjoy the privilege of doing so too.

思考自由是世界上最珍貴的禮物。——伏爾泰

Our greatest weakness lies in giving up. The most certain way to succeed is always to try just one more time.

我們最大的弱點就是輕言放棄，追求成功最有效的方法，就是永遠再多試一下。

——愛迪生

時勢趨勢是讓大家最有感的，如果覺得上面幾句說不出感覺，可以找一些當下最有名的名人所講的話來作為自己演講的話題。 不過人設很重要，最好去找一個標竿人物，找自己的偶像的名言金句，這樣的學習是最快的，會讓你感覺有像名人一樣的力量。列出幾位最近最紅的幾位名人說過的名言金句，美國總統川普、黃仁勳。

Without passion, you don't have energy. Without energy, you have nothing.

沒有激情，你就沒有能量；沒有能量，你就一事無成。

——川普

The key to success is to take bold risks. If you're afraid to fail, you'll never innovate.

成功的關鍵在於勇敢冒險，因為如果你害怕失敗，就永遠無法創新。

——黃仁勳

二、善用也要慎用名言名句

有一次參加大型演講場合，台上有多位講者輪流上台演講，因為上台的講者都是講師，每位講師學習的背景相似，好巧不巧的有二位講者用同樣的名言金句做結尾，前面演講用盡全力讓大家感受，結果結尾用一樣的名人名言，會讓人覺得前面說的都是演的，這下真的很糗。名言佳句雖然能提升說服力，卻需要慎用，避免流於俗套或與他人重複，影響演講的獨特性與記憶點。在準備演講時，不妨考慮用**自己的話詮釋經典觀點，或分享個人獨特的故事與經歷**，這樣不僅能讓內容更具原創性，也能讓聽眾留下更深刻的印象。

三、數據與事例支持：搭配研究數據或真實案例，增強信服度

疫情後從上海搬回台灣，發現台灣的學習成本真的便宜，所以研修了二個碩士，現在在攻讀博士，博士的學習中教授指導要大量翻閱文獻期刊，在研讀的過程發現很多事物都有學者在做研究，這些研究都有期刊及文獻發表，並有數據引證，另外在台灣很多上市公司的年報中會有很多資訊可以參考，這些可以很快的蒐集到資料，在演講或是面試的過程中，如果可以引經據典、能有研究數據的說明，這樣可以增強聽眾的信服度。

四、互動提問：巧妙設計問題，讓觀眾思考並主動參與

每年暑假都會帶遊學團到海外，有一年有位家長發訊息給我，告訴我她女兒非常喜歡這樣的遊學，女兒在部落格上分享了幾句話：在台灣，學校永遠是教我們為什麼，但到了國外學習，老師卻一直問我們為什麼？台上演講最好的互動方法就是提問法，但提問需要設計，要激發思考，要吸引聽眾的興趣，

但需要先前練習幾次，不然有時候提問變成面試官，反而讓聽眾反感。

五、引發興趣提問法：情境帶入（適用情境：開場吸引注意、讓觀眾產生共鳴）

「大家都知道健康飲食很重要，但工作太忙，所以三餐老是在外的朋友請舉手！」

設計巧思：這個問題設定了一個生活中常見的痛點，讓聽眾覺得「這個話題跟我有關」。舉手回應的方式簡單，降低參與門檻。後續可以引導到演講主題，例如「這就是為什麼我想要推廣純翠健康，打造健康美好新生活！」

六、價值選擇型：促進討論（適用情境：小組討論、激發深度交流）

「如果人生只能選擇一個，你覺得哪個對你最重要？A. 健康 B. 事業 C. 家庭？為什麼？」

設計巧思：這類問題沒有標準答案，可以促進思考與交流。可以邀請幾位觀眾分享他們的選擇與原因，增加參與感。若是團體活動，還可以讓大家彼此討論，再請幾位代表發表見解，讓現場氣氛更加活躍。

七、激勵提問法：激勵士氣、鼓舞行動

一些激勵演講最常善用的方法，開場會連續幾段提問，打中台下觀眾心裡，帶動整場高潮，是一種讓觀眾主動思考、產生共鳴並激發行動力的技巧，常用於激勵演講、銷售培訓等場合。

你是否曾經有夢想、卻因為害怕失敗而放棄？ 成功的人和普通人最大的差別是什麼？今天你願意為以後的你踏出第一步嗎？

提問法也需要善用，講者在演講中頻繁提問，高達八到十次。開始大家還願意積極回應，但到了後半場，場面逐漸變得冷清，沒有人願意再舉手或回答問題，現場氣氛也開始降溫。**提問是一門技巧，需要適時運用，才能真正引導思考、促進互動**。如果過於頻繁或缺乏變化，聽眾容易產生疲勞。

③ 故事妙語生花：用情感共鳴打動人心

娓娓道來，觸動人心

華盟很多演講高手，有一次華盟創會長分享了一個故事：一對父子去登山，這座山高低錯落綿延起伏，要爬上爬下爬上爬下，這兒子一不小心摔了一跤，叫了聲「哎呀」，結果幾秒鐘後山谷傳來了「哎呀」。這小孩很緊張的大喊「你是誰？」

山谷傳來「你是誰？」，小男孩又大喊「我討厭你」， 山谷傳來「我討厭你」。

這男孩很害怕地跑去問父親，為什麼會這樣？父親告訴他對著山谷說「你是最好的」，結果山谷傳來「你是最好的」，再對著山谷說「你是最棒的」，山谷傳來「你是最棒的」，這告訴我們：外在的行為是你內心的投射！給人光明的心充滿朝陽，心若朝陽，全世界都是亮的！聽完我馬上記在手機上，這樣的故事適合激勵人心演講，難保哪天不會用到。

用說故事來演講是比較容易的方法，大家從小到大就算不會說故事也聽過很多故事，但說故事還是有些技巧是需要學習的，說得好會讓台下觀眾感同身受甚至賺取眼淚，以下整理了說故事的方法。

說故事的方法

一、掌握黃金結構：

開場鋪陳、衝突轉折、情感高潮、結尾反思

- **開場鋪陳 Ignite**：先抓住觀眾的注意力，可以用前面提到的名言金句或是一個故事、問題或驚人的數據，讓聽眾產生興趣，為後續內容鋪路。
- **衝突轉折 Whirl**：可以鋪陳一段故事，然後揭示問題所在，或展現挑戰與矛盾，讓觀眾投入思考並期待解決方案。

在這個階段，透過對比的方式來說故事，高潮與低谷交錯，絕望與希望並存。當一切看似失控時，轉折悄然而至，帶來意想不到的契機與變化，讓壞事可能成為好事的伏筆，讓絕境中蘊藏著逆轉的機會，推動劇情走向出人意料的發展。

- **情感高潮 Climax**：通過真實故事、案例或具體數據，加強說服力，帶動觀眾的情緒，使你的觀點深入人心。
- **結尾反思 Echo**：收斂主題，帶出啟發或行動呼籲，讓觀眾留下深刻印象，並激發他們的行動力。很多朋友在做簡報結束時都會用謝謝凝聽來做收尾，請試著找一句名言，符合今天的簡報內容，在最後結尾時用這個來做收尾，這樣會讓人有印象，還可以激發大家的迴響。

這個說故事法可以用一支名牌手錶 IWC+E 迴響，來記會比較容易。

二、營造畫面感：
運用具體細節與五感描寫，讓故事更生動

我在參加一些講師演講點評時常會請講師說明演講內容是否有讓人有「**畫面**」？如何讓觀眾有畫面？就是讓觀眾透過你的語言，在腦海中形成清晰的畫面，彷彿親眼見到你所描述的場景。

以下是幾個有效的方法，幫助你讓演講更具畫面感，讓觀眾「看見」你的故事：

- **Vivid 具體細節**：描述顏色、氣味、聲音、觸感、溫度，使畫面生動，讓觀眾彷彿親臨現場。
- **Imagery 比喻與懸念**：運用「像」或「彷彿」讓抽象概念具象化，並透過懸念鋪陳，激發觀眾的想像與期待。
- **Storytelling 動作與對話**：讓角色做某件事而不只是感覺某件事，並加入對話，讓故事更有臨場感，使觀眾「聽見」角色的聲音與情緒。
- **Timing 適時停頓**：刻意留白，增強張力，使關鍵訊息更具衝擊力，讓觀眾有時間消化與沉浸。
- **Active Engagement 沉浸式敘事**：使用第二人稱，讓觀眾成為故事的一部分，帶動他們的情緒，使其真正身歷其境。

透過 **VISTA 法則**讓觀眾在聆聽時，自然地在腦海中構築畫面，提升演講的影響力與感染力，讓你的故事不僅被聽見，更被看見。

個人經歷加持：分享自身經歷或親身見證，提升真實感

相信「相信的力量」，很多男性朋友當過兵，軍中每天都會呼口號，到中國多年也常見到很多企業的朝會要職員喊口號，說真的這些口號如果沒有親身體會很難有感覺。

這裏用個人經歷舉例：台灣人一生要做的三件事，其中一件騎行環島，騎行環島時每次休息時間都要喊口號，每天要呼喊最少六次以上，在騎行的第一、二天每次呼喊口號真的覺得浪費時間，還不如多一些休息，因為真的全身酸痛疲憊，沒想到第三天開始，每次的喊口號像是神奇魔法，竟然讓我們忘記屁股的疼痛，忘記全身痠痛，讓我們有信心可以完成。人生中常會遇到許多低潮或是挑戰，最需要的就是那份相信的力量，是不是可以和我一起舉起右手，握緊拳頭呼喊「不畏不懼，繼續努力」，來面對挑戰、邁向人生。

演講的關鍵：讓經歷有共鳴，而非只是自我感動

演講在分享自我的故事時要讓大家有共鳴，而非只是自嗨，也要了解台下觀眾想要了解什麼，站在對方的需求來分享，這樣才會引起共鳴，產生溫度。常會看到的是很多講者誤以為自己的經歷很有趣，但最後說出來沒法感動大家，很多企業家拿

麥克風就能侃侃而談，什麼大風大浪沒見過，只一直講述自己打拼的故事還自我感良好，往往讓台下觀眾聽不懂在說什麼，反而會適得其反。

善用道具與影音，讓演講更具記憶點

很多朋友會像電視名嘴一樣說故事，但都不是自己的故事，也許是網路看來的，也許是他人轉述的，其實如果不是專業講師，不需要那麼多和自己不相關的故事，說出來又沒有溫度，還不如說自己的故事，那自己的故事怎麼找呢？其實生活周遭、生命旅程一定有一些值得分享的，可以用小故事來規劃，帶入自己的感受。

演講內容可以插入影片或音樂，也能有效提升互動感與情緒張力。特別喜歡一部電影《波希米亞狂想曲》，其中一首歌描述如何引導觀眾互動，全場一起拍手、打拍子，營造出極具感染力的氛圍，沈浸式體驗。而這首歌本身也極受歡迎，讓這樣的演出成為難忘的經典。無論是道具、影片，還是音樂，只要運用得當，都能讓演講不只是單向輸出，而是創造更有記憶點的互動體驗，讓觀眾真正融入其中，帶走更多收穫與感動。

④ 聲音與舞台掌控術：抑揚頓挫，氣勢如虹

鏗鏘有力，震撼全場

每次在台上不論是演講還是簡報，台下一定會有人打瞌睡，不是內容不精采，往往是講者的聲音語調像是廟堂的和尚在念經，整場聽下來都是平鋪的音調，叩叩叩……像是催眠曲很容易讓人入眠。也有講者喜歡用大聲疾呼法，像是選舉呼喊的口號「阿餒厚姆厚？」好像可以震撼全場，但整場聽下來最後記住的大概都是「厚姆厚！」。用幾個比較簡單的方法讓大家可以稍微改變自己的風格：

一、聲音變化：透過音調高低、語速快慢、停頓技巧增加表達張力

〔**方法一**〕用前面說到的方法先將演講的內容寫成一份演講逐字稿，然後試看找出文稿中每一段的動詞，用紅筆圈起來，試著全文讀看看，碰到紅筆圈出來的地方用第四聲來讀，也就是用重音來念，手機錄下來聽看看，你會發現好像說話會有立體感，而不是以往的平鋪直讓人想睡覺。

〔**方法二**〕找出七言絕句來練習，將每句用「二二三拆分法」，並試著停頓看看：山外青山樓外樓，西湖歌舞幾時休。暖風薰得遊人醉，直把杭州作汴州。

原本讀起來都是整段一連串念下來，但經由拆分法來讀的時候，會覺得好像句句都有力量。

二、肢體語言：運用手勢、眼神、站姿來強化演講的表現力

- **向天畫大圓**

曾經指導一位中醫師演講技巧，做商業募資簡報，但醫生平時拿起針灸的針很習慣，拿起麥克風整個人就像木乃伊一樣全身被綁住動彈不得，沒幾天就要上台了怎麼改造這位中醫師呢？建議他練習用習慣的那隻手臂去向天畫大圓，手掌要打開五指併攏，你可以試著畫各式各樣的大圓，然後做一個段落將手臂停住，手掌打開朝向一個方向，無時不刻的練習，記住那個手勢停住的力量，再來加上講稿練習搭配，一段時間你會發現原來演講是可以傳遞力量，更可以讓自己產生自信。有時候我在開車也會不由自主的伸出一隻手臂畫圓，當然是沒有握方向盤那隻手啦，練習到身體產生記憶，演講時自然而然就會用上場。

- **眼神交流**

曾經一次去南部鄉下學校參與慈善公益活動，學校邀請節目主持人李濤做分享，身歷其境的感受到大師演講風範魅力，場地不大，坐了三十多位師生，李濤先生精力充沛的全場走動

並善用肢體語言，深刻的是李濤先生演講時候會與每位觀眾對視約**兩到三秒左右**，然後再轉向下一位，因為距離很近，當下真有感覺到他說話的力量，整場下來都沒有人打瞌睡，因為那個帶有力量的眼神在看你呢！

三、與台下互動要掌聲：適時設計問答、幽默或強烈收尾，讓觀眾願意鼓掌回應

讓掌聲不只是「被動的」或廉價的索取，好的要掌聲可以有效提升觀眾參與感，更可以成為演講中好的橋段。

各位現場的朋友都知道劉德華吧？在一次類似 TED 演講的電視節目上看到劉德華和觀眾說：大家都知道我演過上千場電影，但是面對大家演講我也一樣會緊張，可以請大家給一些掌聲讓我不要緊張嗎？現場馬上響起熱烈掌聲。

但我不是劉德華，我比他當然更緊張，是不是可以請大家給我多一倍的掌聲呢！說到此一定是掌聲不斷，這個橋段我常常在大場合，台下都是學者或是醫生專家，每個都虎視眈眈的看你今天要講什麼時候做的分享。

我是學生物科技，大家知道嗎？手上有許多經絡及穴位。鼓掌可以刺激這些穴位，有助促進血液循環、預防老年癡呆。鼓掌會刺激人體分泌快樂激素，使人的心情開朗。

不知道大家是否想要快樂和健康呢？是不是給自己多一點快樂和健康來個掌聲呢？

把掌聲獻給每一個努力的自己，表揚觀眾或某位特別來賓：「讓我們為今天願意學習、突破自己的每一位朋友，給自己一個掌聲！」最高點境界就是說到觀眾的心坎裡，不由自主的鼓掌，這是最難的。

⑤ 面試與簡報致勝法：條理分明，精準說服

層層剖析，理據充分

現在的大學聯招口試面試會佔不少分數，企業求職面試關也是很重要的一環，還有 EMBA 考試口試常會決定是否錄取。

一、三段式表達：背景鋪陳、核心論點、結論總結，讓邏輯清晰

CLE 法則，讓表達更有效：這三個字可以用賓士 CLE 系列雙門車來記：

- **C - Clarity 清晰**：三段式表達具有清晰的邏輯結構，只要講三個重點，每段簡潔有力，兩到三句話，避免冗長讓聽眾能夠順暢跟隨你的思路，不會感到混亂。
- **L - Logic 邏輯**：透過聚焦三個關鍵訊息，確保內容精準有力，避免冗長或偏離主題。

- **E - Effectiveness 影響力**：用「我如何解決問題」用具體事例來強化論點來建立說服力，讓你的表達更具影響力，讓聽眾或面試官印象深刻。

面試時，如何展現自我優勢與思考觀點？ 成功的面試與簡報關鍵在於層層剖析，理據充分，讓表達既有邏輯性，又能有效說服聽眾。運用 CLE 法則，強調「我能帶來的價值」：如果談到過去的經驗時，不只是描述事情本身，而是用結構化回答，讓面試官明確理解你的貢獻，能夠讓內容更具層次感，幫助你清楚傳達重點，使觀眾或面試官快速理解你的觀點，感受到你的價值與解決問題的能力。

為何三段式表達最有效，因為有邏輯，只說重點，精準聚焦三個關鍵訊息，避免冗長或偏題，具說服力。

考試面試時間非常短，大概只有兩關，每關卡五～十分鐘，很多募資商業簡報時間也很短六～八分鐘，如何在短時間讓面試官有記憶點，讓創投有意願投資你，這些是需要設計，考官提問做回答也需要句句到位。在懿芬前理事長的規劃下，我和官大煊講師在華盟設計了一個「速配 Talk」，七分鐘、二十一頁簡報，很適合做面試及簡報技巧培訓，要長篇大論很容易，但要在限制的短時間內做到完整表述是很難的，這樣的學習也是最好的方法。

二、提升表達力的關鍵技巧

很多朋友面試時候不敢看面試官，這點是很失分的，面試時請看著面試官，除了回答提問，更要分享你的分析邏輯、決策思維與創新見解。掌握三段式表達法，讓面試更有邏輯，成功吸引考官與聽眾。

有效引導對方認同你的觀點。除了善用結構化表達，更應強調個人優勢與思考觀點，這樣才能讓自己脫穎而出，贏得面試官的青睞，讓你的簡報或面試更加成功。

- **控制語速與語調：簡報與面試時語速適中、語調有層次，避免單調無趣**

前面說到的聲音變化音調高低，在面試時也是需要注意到的，適當的語速有助於讓面試官有足夠時間消化你的信息。

- **營造專業感，不顯得倉促或缺乏自信**

強調重點時提高說話的力量，適時停頓，例如說完一個重點後停頓一秒，讓聽者有時間吸收，在練習的時候用手機錄音，最好錄影片，反覆聽看看自己的聲音還有語速是否過快或過慢，多練習這是不二法門。

結語：打造印象力與影響力
——讓演講溫暖人心，深刻共鳴

一場成功的演講，不僅取決於精彩的內容，更關鍵是如何讓觀眾在結束後依然印象深刻。如今，許多年輕朋友將成為YouTuber 或自媒體網紅作為首選職業，而事實上，這些許多核心技巧與演講技巧如出一轍，一理通，百理通。

透過腳本的設計，不僅能傳遞核心訊息，還能延續演講的影響力，讓觀眾在心中留下深刻印象，真正做到「溫暖觸動，深植人心」。

一、**關鍵句點題**：在結尾再次強調演講主題，讓聽眾抓住最關鍵的概念，記住你的觀點。

二、**巧妙設計收尾**：可以透過行動號召、金句總結，或感性收尾，讓演講的溫度持續發酵，激發聽眾的共鳴與思考。

三、**三個感謝法**：與觀眾保持連結，讓影響力不只停留在舞台上，而能延伸至更廣的層面。

這些分享，希望能帶給你一些啟發，其實你和你想的不一樣，多一些練習，幫助你更有自信地面對舞台，讓每一次的表達都能留下深刻印象。

名言名句，
創造吸睛演說的十個案例

● 陳亦純

應該從自己的影片中去檢討自己的舉止、表情、用語、眼神、力道，所傳達的訊息是不是強烈，所講的話是不是能夠感染人心。

每個人都會有上台講話的機會，你無法預料什麼場景、聽者的類別和層次，你沒有充裕準備的時間，你不可以讓在場的觀眾們看破手腳，你也無法制止現場手機和錄影機錄下你的窘狀，你或許視上台講話為可怕的事，但你又往往看到有些人在眾人面前侃侃而談，甚至因為短短的發言讓人驚艷，一鳴驚人，你很不甘心，你該怎麼做？

我提供十個案例請大家參考，希望對有心從事講師工作，或常需要對公眾說話的你有所助益。

案例一—突然被請上台講幾句話

講話人人會，突然被邀請上台，在眾目睽睽之下，甚至是眾人已經聽了長篇大論，歸心似箭之際，如何不慌不亂，還要給大家回味無窮，那可要有一些能耐了！

我在二〇二五年的一開始，就遇到這麼一場實際的案例。

我參加「陶聲洋防癌金會」主辦的演講會，那是在佛光山台北道場的十三樓會議廳，與會者很多是道場的修行者，講的主題是關於茹素者如何防癌。兩個半鐘頭，台下是一百多位出家師父和信眾，四位講者把時間快用完了，眼看既定時間剩下五分鐘，在大家已經合卷收筆，準備離席之際，主持人突然要我上台講幾句話。

無法準備、沒有投影片，大家就等主持人宣布散會，我該如何？

你要正面以對

這狀況應該很多人都面臨過，你會怎麼辦呢？你不可以說：「我沒有準備、我不知道主持人要我講什麼！」你也不可以怯場、不能亂扯。在我從一旁走到講台，只有短短十步之際。（比曹植的七步成詩，時間多了很多了！）

心緒翻滾，念頭飛揚四射，短短的幾秒鐘時間無法讓我細細思考，只能雷光閃電、快速抓主軸，定大綱，邊講邊思考接著的言論次序，我必須要讓大家滿意叫好！

結果是我只用了三分鐘，但結束後得到熱烈鼓掌，下台後多位師父和我合照，一位師父還說，他把我所說的話和拍了我講話的身影，立即傳給出差外地的主辦機構主管。

我用問句破題

當時我是這樣處理的，我一定位，手拿麥克風，雙眼沉著的環視大家一圈，微笑，大聲問道：在場除了師父外，有訂《人間福報》的請舉手！（這是佛光山道院，我相信很多人會訂《人間福報》，果然一大部分的人舉手。）我先取得共鳴了！

第二步，我要大家知道，我和大家是一家人！「太好了！我也是《人間福報》的推手！」

再來，我要講一些他們喜歡聽的話，尤其他們每天行善勸善。「我每天一早都會做三件小善事，我先到附近的 7-11 買一份福報，通常給店員五十元，店員找給我四十元，我放進一旁愛心箱。店員習慣性的不用問我發票印出來嗎？還是有沒有載具，他們都知道我的發票捐給 268 真善美基金會。」再來，我要聽眾和我一起喊出聲音來。

「我把人間福報帶到附近的植福宮，當走到的時候，都會有在廟庭運動的大伯大嬸對著我大喊：福報來了！福報來了！（此時我的語速不能快，我要引導聽眾和我一齊喊，果然在我第一聲喊出來後，接著都有聽眾跟著我喊，喊聲和笑聲轟然四起）」如此破題法，大家高興，他們不會無奈。

我和今天的主題連結！

開頭是因地制宜引起共鳴，也立刻被大家認同成一家人！再來我要和今天的主題連結了，不能離題，要讓主辦單位稱心如意。

「大家要防癌，不生病，你要多做善事，你要做對大家有幫助的事，人間福報都是正面光明的報導，讓我們對人生有希望，對自己有信心，讓我們不生病。台灣因為少子化，所以老齡化，短短八年就進入了超高齡社會，這是危機也是轉機，我們如果知道問題之所在，就可以轉為商機、生機。」

祝福和期許

收尾要漂亮，要圓融。例如：「大家聽了剛才四位講師的建議，有沒有對自己充滿了生命的信心，讓自己活得更有意義和希望？恭喜大家今天參加這一場寶貴的演講，感謝主辦單位

陶聲洋防癌基金會在佛光山台北道場做防癌演講，中間是九十五歲的陳光耀董事長。（二〇二五年一月十九日）

的用心，感謝台北道場提供這麼好的場地，也感謝主持人讓我做最後的致詞！」

面面俱到，皆大歡喜！這三分鐘短講是不是很飽滿，有意思？

案例二—上台講話不是可怕的事

你如果有經常上台講話的機會，恭喜你，你是有社會地位的人、或者你的輩分高、或者你年紀大、或者你是被大會主席或主持人挑出來幫他助陣或作樁腳。你要清楚你此時的身分，你要言如其分，你不能怯場、不能不知所云，你要因為你所說的話受到尊重、傳頌。這很可怕嗎？難嗎？難不難，端看你的平日修為和臨場反應。

要有套路

建議你隨時有上台說話的準備，你要有幾個套路，你能隨時抖幾個包袱（可用的段子或案例，是婚喪喜慶、入厝、壽宴、還是升職要搞清楚，胸有成竹，隨時可拿出來）。

用不尋常的問題震懾全場和開場

這招我常用的。我常在大學的保險系客座演講，開頭用「三問」開場，效果非常好，立刻會讓現場玩手機、吃早餐、談情說愛的同學立刻停手，注意我的問題。

a. 你知道台灣的投保率去年是多少？

b. 你知道台灣民眾壽險平均保額是多少？

c. 你知道台灣去年所繳的保險費佔 GDP 的百分比是多少？

這三問每一年的答案都不一樣，也應該是保險系的同學該知道的資料。可是往往能回答的學生不多，我環目四顧，同學們紛紛低頭或找資料，於是，我緩緩把答案作分析詮釋，這一招都可取得同學的認同和尊重。這一來，你就好說了，大家對你已經服氣五分，再來就好發揮了。

超出預期的觀念

在早期，台灣還是威權時期，一次選舉前最後一夜造勢大會，台北市長候選人高玉樹先生，在一上台開場即說：「**我如果當選，我要把總統府上面的國旗拿下來！**」

他講了此話立即停頓，全場數萬人鴉雀無聲，誰都知道，這麼一句可怕的反動言論，你若鼓掌叫好，四邊的情治人員會立刻將你逮捕。

窒息的幾秒鐘過了後，他接著說：「**我要將國旗掛在北京的天安門旗桿上！**」

一講完，如雷的掌聲爆開，叫好聲長久不停。這就是好的講者奇妙手法！

二〇一九年，本來到東莞只是參加一場餐會，突然被邀請在隔天一早為同仁講講話、鼓勵一下，豈知人數不停湧入，現場大約五百人，窗戶和門都打開，全是人，還臨時放置兩支手機直播，估計有萬人參與，人數只增不減，不用投影片，欲罷不能，大概分享了四小時。

案例三—用文化典故和最新時事

不要老講一樣的東西（有經驗的聽眾會嘟囔說：又來了！）。講師要能講出出乎預料，創新、有內容、不是炒冷飯的老套。

用文化典故讓人尊敬你和認為你有學問

二〇二五年二月十四日，大陸外交部長王毅出席慕尼黑安全會議，在回答川普執政之後中美關係的問題，他引述了香港武俠小說大家金庸名句：「他強任他強，清風撫山崗；他橫任他橫，明月照大江」。王毅還開玩笑說，這名句可找 DeepSeek 幫忙翻譯。這段話裡面有幾個含義，**第一個他引用一句大部分華人都知道的名句，不必多解釋，這句話的意義不言自明，就看你多橫多厲害，我們等著瞧！**

用最新的現勢和話題取得共識！

他接著把最新的 Deep Seek 給引了出來！而其他 AI 概念股同樣未能倖免。中國 AI 新創企業 DeepSeek 憑藉低成本、高效能的技術，迅速崛起成為全球焦點。這一技術突破直接引發了全球 AI 市場的震盪，重創 AI 概念股，尤其是晶片製造商和科技巨頭的股價。輝達股價的急挫尤為顯眼。

讓聽眾認為你有深度！

結合現代化和華人傳統文化力，觀眾的情緒被帶上來了。

大陸的領導人喜歡引用古典文句，甚有看頭，台灣領導人也會用，但感覺次數較少些。鄧小平在談及兩岸統一時表達期待用陸游《示兒》：「王師北定中原日，家祭無忘告乃翁。」

形容改革開放後的繁榮景象時用杜牧的《江南春》：「千里鶯啼綠映紅，水村山郭酒旗風。」江澤民喜歡引用詩詞來增強講話的文采。如：「眾里尋他千百度。」表示對創新和人才的渴望。習近平常引用古詩詞來強調中華文化的深厚底蘊，提升文化自信。如李白《將進酒》：「長風破浪會有時，直掛雲帆濟滄海。」鼓勵面對挑戰、勇往直前。辛棄疾《破陣子》：「了卻君王天下事，贏得生前身後名。」強調為國家做大事的責任感。這些詩詞不僅展現了領導人的文化素養，也常被用來傳遞政策信號或激勵士氣。

台灣的馬英九引用《左傳》：「多行不義必自斃。」來批評政治對手。用《詩經‧秦風‧無衣》「豈曰無衣？與子同裳！」強調團結精神。

侯友宜用《論語》：「君子務本，本立而道生。」強調政策要務實。《增廣賢文》「一分耕耘，一分收穫。」強調努力與成果。古詩詞不僅提升了演講的文化深度，也能激起民眾共鳴。

和現勢連結

講師也要和時代接軌，如社會問題、國際動態、最新流行、災難危機、戰爭威脅等。探討事情的本質和分析現象，但千萬不要批判，以免引起不同體系的當場質疑和動怒。如在公開演講中不要提出台灣黨派的爭鬥是一樣道理。最新的人名和現象，講師及時涉入，要精準和不偏頗。

案例四—伸張生命價值宣揚正道

英國二戰時首相邱吉爾的歷史名言：Never, never, never give up!（永遠、永遠、永遠不要放棄！）使他名留千古。

狄更斯在《雙城記》開頭：「這是最好的時代，也是最壞的時代。」

馬克吐溫說的話：「人生中最重要有兩天，你出生的那一天，以及你發現自己為何而生的那一天。現在，我們一起來想想想第二天的意義……」

這些話用在演說裡，很合適，不會被嫌老舊！一個有機會拿麥克風站在人群前面，或者可以用網路宣講的人，應該要有他的生命價值和意義，他可能是秉承天命來宣化人生，他可以幫助很多心靈空虛或需要振奮靈魂的義人，所以他的責任重大，要有使命，不可浪費天分！

如何成為一位伸張生命價值宣揚正道的講師？

你要多吸收讓人尊敬、肯定的正道人士言論和思想精華

現代受尊重的醫界名人，如九十五歲還為癌症患者努力的陳光耀醫師、不收紅包還給到偏鄉服務的醫師紅包的杜元坤、守護台東偏鄉醫療的超人醫師徐超斌。

早期為台灣民眾奉獻的馬雅各、蘭大衛、馬偕、蔡阿信、羅慧夫、杜聰明、蔣渭水等等。

企業界的張忠謀、王永慶、許文龍、施振榮、鄭崇華、嚴凱泰、高清愿。作家白先勇、林懷民、陳若曦，宗教界的星雲大師、聖嚴法師等等，隨手拈來，他們的高風亮節，一心奉獻的精神是可歌可泣和值得學習（恕我無法詳細列出更多可敬之人士）。

靈雞湯作者馬克韓森說到，成為一個好的演說家，拜訪名人、聽演講、看聽影片、音槽，多讀正道人士的書籍，多元的學習管道會強化心靈力量，可以獲得一個好講師的資格。請問你一年看幾本這些正能量人士的書籍？這些正向的學習你有心和有次序的去得到嗎？

多說積極的話

「好的！一定會有辦法的！沒問題！」每天都能說出這種積極話語的人，他的每一天都過會過的很快樂！相反的，每天說著：「太糟了！太讓人生氣了！沒辦法！』這種人，遇到的挫折也特別多，運氣也顯得特別糟糕。

你必須要意識到，每天從自己嘴巴裡說出的話擁有很大的威力。每天你所說的話，都給你的每一天指明了方向，積極的語言才能把你帶向美好的人生！

二〇二四年參加綠色守護者行動計畫，右四是慧開法師。

生命態度要好

能不能作得好，完全在於你的『態度」，你的想法、說法、作法，成敗在於你的心。

你要有正確的人生態度（不要在台上批判、埋怨和讓人洩氣的話），多讚美、多鼓勵、多幫助別人、激勵別人。講師應該是一個無可藥救的樂觀者，給人歡喜，送人信心，勇於創新，敢轉換思路和行動。講師應該參與對社會有貢獻的社團，和以身作則做一些可移風易俗的良善之事。

如參加對環保有益的植樹工程，對弱勢學童幫助的基金會，對防癌有幫助的基金會，協助可增添好觀念有益於民生樂利的演講會等，做講師、做志工、或贊助經費，你的分享必可得來尊重和更大的發揮。

案例五—多講精彩和激勵性故事

人們都是喜歡聽故事的，而事實上，一場演講過後，如果聽者沒立即做筆記，過了幾天，往往他只能記住故事而已。故事要如何講呢？

你是一位擅講故事和能激勵聽眾的講師

一位學生向老師問道：「老師，您教導我們要做好目標管理，請問您自己有做嗎？」「當然有啊！」老師回答。

這時學生出示他的目標卡，「我的人生目標只有三個，一個是六十五歲退休，財務自由。第二是身體健康。第三是退休後可以隨心所欲的到世界各地旅遊！」「老師！您看我現在幾歲了?」學員又問老師。

老師回答說：「大概四十多或者五十出頭！」

「不！我再兩年就要退休了！」外表看來比年紀小，顯然身體狀況良好。

「我美國五十州都走遍了，也常到國外的旅遊，我計畫兩年後每年用三個月到半年的時間遊歷世界各國。」能快樂的世界各地遊玩，財務自由當然不在話下。

這名學生說：「我每天一早將目標卡和工作清單比對，如果要做的事情對目標是沒有說明的，我就把它畫掉或調整先後次序，我要每天所做的事情，距離我的人生目標近一點。」

這故事很清楚的表達目標的重要性和具體化，當然會得到很深的記憶！

故事要怎麼講呢？你要有一些概念

講什麼樣的故事呢？

- 講你自己的經驗，但不要誇大，期望大家能參考或也可以做到。
- 講你聽到的。成功者的案例，或者慘痛的教訓。
- 從雲端得來的的資訊。有用的，有價值的。
- 從書中得到的。要多看書，多從書中摘取有用的資料或故事。
- 從古老的書籍典故蒐集來的。綿延流傳百年、千年的啟示。
- 從社團學來或聽來的，最新最有用的情資。
- 從電影、電視、報紙得來最新的狀況和情節。
- 講有激勵性，可以深思的故事。

故事不宜長，講完後立刻有結論

故事三兩分鐘最佳，我看到有些講師把故事講得落落長，文不及義，不知所云，敗筆矣。

短、精、美、意義到位，這是畫龍點睛之作，甚至長久之後，這故事還可被念念不忘！

案例六—把好的資料儲存在心中

一位受歡迎的講者，除了講得清楚、說得有理、條理分明、內容詳實之外，還要讓聽眾有時時驚豔的突來之舉，一句震驚心靈的話、一首千年傳承的詩句、先知聖賢的名言、一篇啟示的寓言、一段歷史流傳的明文，你要背下來，必要時信手捻來，將受莫大歡迎。

舉名人的話

名人的話幫我們見證，如雷貫耳，有權威性，用來認證你講的內容，可強化權威。

- 李小龍：不要怕一個人練習一萬種踢腿，怕他練習同一種踢腿一萬次。
- 托爾斯泰：勇氣是智慧和一定程度教養的必然結果。
- 愛因斯坦：唯有那些異想天開的人，才能完成不可能的事。
- 瓊瑤：你的過去我來不及參與，你的未來我一定要擁有。
- 洪蘭：人生沒有白走的路，即使不喜歡，只要好好走，也不會白費。

舉聖經裡的經文

聖經裡的經文，可以當頭棒喝，可以朗朗上口，很值得即席發揮。

- 愛是恆久忍耐，又有恩慈；愛是不嫉妒，愛是不自誇，不張狂。
- 你要保守你的心，勝過保守一切，因為一生的果效是由心發出。
- 不要為明天憂慮，因為明天自有明天的憂慮，一天的難處一天當就夠了。
- 你們祈求，就給你們。尋找，就尋見。叩門，就給你們開門。
- 生氣卻不要犯罪，不可含怒到日落，也不可給魔鬼留地步。

舉佛經文句

佛經文句甚好，但要避免勿太操切，免得有些學員不以為然。

- 諸惡莫作，眾善奉行，自淨其意，是諸佛教。《法句經》
- 凡所有相，皆是虛妄。若見諸相非相，即見如來。《金剛經》
- 一切有為法，如夢幻泡影，如露亦如電，應作如是觀。《金剛經》
- 世間無常，國土危脆，四大苦空，五陰無我。《佛說八大人覺經》
- 菩提本無樹，明鏡亦非台。本來無疑物，何處染塵埃。《六祖慧能》

用最新流行的句子

如電影《哪吒 2》紅遍天，全球觀眾搶著看，你把電影中的名句引用，會得到共鳴和歡喜。

- 我命由我不由天，是魔是仙，我自己說了算。
- 若前方無路，我便踏出一條路！若天地不容，我便扭轉這乾坤！
- 以前我一直在躲、在藏，直到無路可走，我才明白該如何面對這個世界。
- 人心中的成見是一座大山，任你怎麼努力都休想搬動。
- 我若成佛，天下無魔；我若成魔，佛奈我何。

案例七—要講得體和受用的語言

講師要講得體和受用的語言，有時候講反話，但不會讓人感到太負面。講一點黃但又不會讓人覺得噁心和不堪。

有次序、邏輯和有趣味性

好比一個大學女生如果晚上在酒店陪酒，一定被罵不知恥。但如果說:「一位酒店小姐還到大學讀書。」那麼她會得到尊敬。

信徒若問師父：「一邊念佛一邊可以抽菸嗎？」當然不可以。若改個問法:「我可不可以在抽菸時念佛？」當然得到讚許，說他有慧根。

如果說：「我要和妳睡覺！」，一定會被說是流氓、下流。但如果說：「我陪妳起床！」這意境真高，這是徐志摩的詩句。

汽車銷售員如果說：「您開這部車一定很瀟灑和氣派！」感覺不差。房屋仲介員若說：「您住在這屋子裡多有格調！」聽了很舒服。保險業務人如果說：「您買了這個險，萬一死了可以賠一千萬。」這豈不是被瞪大小眼和立刻趕走。用語要精準，因為一言既出，駟馬難追。如何講正確的話。講清楚，大家聽得懂的話、有建設性的話。

說正向的話，不批評，不指桑罵槐

- 大處著眼、小處著手。
- 迎合現場聽眾的口味。
- 不要用專家的姿態，講所謂專家的話。
- 保持好的心情、高度爽朗的情緒。
- 別賣關子，自以為是。

幾個絕對不能提的話

- 攻擊別人、別家公司、別種行業的話。
- 喪氣的話不能提，上台永遠要正面。
- 別用模擬兩可的語句。
- 別用近乎色情的語句。
- 不要一直說教。
- 不要誇耀自己和領導的交情。
- 還有很多禁忌和不能講的話，如政治、宗教，反正，上台要小心。

案例八──後段要留下迴響和省思

一場全國商業總會主辦的長照論壇裡，我又是壓軸（我常被安排為壓軸，可能是主辦單位認為，若這場演講氣氛良好，我會是錦上添花。萬一講者有所缺失，我應該可以起死回生）

我要如何讓全場觀眾對這場大師雲集的場子留下深刻的迴響和省思。我舉了這十點：

一、你的資產多，如何傳承、配置？

二、你的資產一般般，要如何養老？

三、你的子女多，誰會用心孝養你？

四、你的子女少，要如何安心養老？

五、你的另一半先走，你如何生活？

六、你先走，你的另一半會是如何？

七、你有一堆子女夫人，如何分配？

八、你是單身貴族，資產如何安排？

九、你知道你的保險明細和功能嗎？

十、你如何讓四代子孫還能記得你？

還有幾句話：你要留下生命的記錄，讓子孫記得你！生命若還有五十年！你可以作什麼？你可以留下保險理賠金的一部分作公益嗎？保險健檢、保單捐贈可以創造長遠生命力，你知道嗎？

不囉嗦，不拖棚，見好即收，皆大歡喜。

案例九─結尾要有意義鏗鏘有力

很多講者常會說：「今天時間不夠用，還很多要講的沒有講，下次再和大家講。」「今天沒有講得很好，希望下次還有機會來跟大家再分享。」這都是鬼扯，哪裡還有下次呢？你要如何結束呢？

二〇二五年一月九日，商業總會在台北舉行長照論壇，我一樣負責壓軸。

沒意義的話不要講，要漂亮結束

拿破崙說：一個戰爭的成敗決定在最後的五分鐘。結束是很重要的，美好的結束像是一位美女臨離別時，回眸一望，餘韻無窮。也像電影最後的彩蛋，強化印象，令人難忘。又像是不經意得到寶貴的禮物，小心翼翼地保存著，隨時可以拿出來品味一番。

結束的類型

一、**總結式的結尾**：總結今天分享，我歸納幾點給大家，希望大家有收益。

二、**呼籲式的結尾**：期望大家為我們上一代盡一點心，為下一代用一點心！

三、**抒情式的結尾**：船停在碼頭是最安全的，但那不是造船的目的。

四、**呼應式的結尾**：讓我們一齊努力，壯大貴公司和獲得全國民眾的認可！

五、**祝頌式的結尾**：我們一齊來為全世界最偉大的國家祝福！

六、**用故事做結尾**：短短的兩分鐘故事，深刻在現場每個人的心裡面。

七、用名言做結尾：「巴菲特在股東會上說過一句話：做你沒做過的事情叫成長，做你不願意做的事情叫改變，做你不敢做的事情叫突破。最後以這句話送給各位，相信各位都可以突破人生的瓶頸。」

八、用激勵做結尾：如「人生沒有後悔的權力，不想後悔，從當下開始！」、「別為產品找客戶，要為客戶找商品。」、「有大夢作大事，有小夢作小事，無夢成不了事。」、「沒目標的人，要為有目標的人工作」。

用總結觀點結尾、讓主辦單位滿意

一位講師要見好就趕緊收，時間一到，做出總結和主辦單位要的結果，聚焦、不要畫蛇添足，講期望和祝福的話。

希望這些觀點對有心成為一位講師的朋友有幫助，也讓有機會被邀請上台講話的朋友下台不懊惱，不對自己生悶氣。

案例十—將失望扭轉為充滿希望

時為二〇一二年，一家大陸知名的大型保險公司，到台灣舉辦獎勵旅遊，在台北的五星級酒店舉辦頒獎大會，邀請我當貴賓，我高興出席，專題演講由台灣的某保險公司C處經理擔任。

當我好整以暇，沒有壓力的欣賞講師的表現時，不出五分鐘，我心裡大叫一聲：不妙！

講師把大陸的保險菁英看成什麼了，言不及義，還口出黃腔。

我往一旁的該公司總領導一看，臉色鐵青。

再看負責邀約講師的大陸著名保險英雄，他也發現不對了，眼神和我一望，我知道我的責任來了，我必須挽救台灣人的榮譽於此時。

二〇一七年到大馬檳城為僑校呼籲保險捐贈。

果然，這位大陸著名保險英雄站了起來，走到舞台邊，趁著講師一停頓，他立刻說：「感謝C經理給我們精彩的分享，接著，我們要邀請一位有長期保險資歷，戰功彪炳，著作《我有理由不買保險》等多本保險著作的陳亦純老師上台，幫我們現身說法。」

當時抱著一股熊熊烈火，當仁不讓，我要給全場績優人員知道，保險工作是何其偉大和對民眾的福祉與貢獻，但我也不能佔用太多時間，因為這是臨時插曲，午餐的時間就快到了。

我只用了十分鐘，我發表了對保險的認知、保險的功能與意義、保險讓多少年輕人成家立業。

最後，我問大家：

「你們要不要在公司得到生命最大的肯定！要不要！？」

「你們要不要在歷史留名！要不要！？」

「祝福大家！相信各位在台灣得到最大的能量與生命力！」

全場千人，包含他們的最高主管全部站起來，熱烈掌聲不斷！

這是扭轉歷史的一刻，我做到了！

彩蛋

你自己演說所錄下來的影片，你有沒有反覆的看、反覆的聽。

很多人說：當他演講完畢之後，他不敢回頭去看自己所錄下來的影片。

這簡直是笑話，如果一個不敢面對自己的人，他怎麼能夠有所成長。

他應該從自己的影片中去檢討自己的舉止、表情、用語、眼神、力道，所傳達的訊息是不是強烈，所講的話是不是能夠感染人心。

如果你對自己的影片不敢看，就代表你沒有信心，沒有自信就是態度不足，態度不足就是你還沒有資格當一個好的講師。

相信本文會給大家一些方向和引導。

故事若能說得好，天下何人不識君？

● 官大煊

說故事的五個境界：要有光、要有景、要有鋒、要有痕、要有願。

我的事業非常獨特，是台灣的唯一。我指導一個人說故事，學員不需要啟動邏輯思維，也不需要考慮「起承轉合」，只要逐一體會以下的五個境界，最終他會在說故事上，達到神級的境界。

第一境界：點亮「長明燈」，溫暖天下人

瑞祥是我的第一個學員，今天是正式教他說故事的第一堂課。他其實已經上了兩次「課前課」：第一次請他自我介紹，第二次請他說明為何要學會說故事。今天看他的神情，感覺他急於拿到豐富的講義，才會覺得心安。

他不知道的是，我會在課堂上催眠他。

身為說故事的訓練者，我一直有個祕密沒有公開揭露過，那就是每天我會有個短暫的十五分鐘，讓自己的靈魂飛到「大師」的歷史行蹤裡。我會來到大師生命中的關鍵時刻，旁觀他的神情，看看此刻他說了什麼話，或是做出了什麼影響後世的決定。

因此，「祕密跟隨大師」是我特有的神祕能力，我也藉此來訓練學員說故事的能力。當學員被我催眠之後，他的深層意識會與我的靈魂一同轉換時空十五分鐘。至於他會被我帶到哪裡，先賣個關子，總之一定很刺激！

第一堂正式上課，我早就排定要讓瑞祥的意識，追隨我的靈魂，一同來到一千年前中國大陸湖北的黃州，這是北宋大文豪蘇東坡第一次被貶官的地方。現在的黃州，景色優美、交通便利，可是在一千年前的它，就是一個遠離京師的偏遠小城，當時四十五歲的蘇東坡能過上什麼樣的日子，等一下你就會知道了。

瑞祥很快地被我催眠了，傍晚五點我們來到了簡陋的蘇宅。那一天蘇東坡臨著溪邊所搭建的廚房，竟然被溪水沖垮了！他沒有柴火可以煮飯與煮湯。看得出來，大師欲哭無淚。

瑞祥拉著我問道：「這個人怎麼如此落魄？」確實！他當下看見的蘇東坡，只能吃著冷菜果腹，而氾濫的溪水，也讓他半身溼漉。還好我與瑞祥的靈魂移轉，大師是看不到的，否則我們可能就會破壞以下的一個偉大時刻。

只見突然間蘇東坡大笑了起來，自言自語道：「我真是的，差點忘了今天是寒食節，原本就不能吃熟食。」在此不花篇幅解釋寒食節的由來，但它讓大師整個身心放鬆了起來。

此時瑞祥突然驚奇地拉著我說：「他眼裡有光透出！」是的，這就是我希望瑞祥看到的。不論這一天蘇東坡有多麼狼狽，在叫苦之餘，他總是找得到方法來轉念，並且從雙眼透出堅毅的光芒。在他人生中一樁樁的苦難，更為他點亮了長明燈。他因此成為歷史長河中，一道不滅的光。

我問瑞祥：「聽過『但願人長久，千里共嬋娟』嗎？」。瑞祥狐疑地看著蘇東坡，然後指著大師問我：「是他寫的嗎？」我點了頭。

「這兩句，不就是寫給心愛的人嗎？」瑞祥的體會讓我拼命搖頭。

此時，月明可見，蘇東坡換了衣物，在小舍偏角的書桌點起蠟燭，提筆寫信。估計琢磨，他應該又是給弟弟蘇轍寫信，順便抒發他在傍晚吃著冷食的困窘。這時我的十五分鐘「轉換時刻」也到點了。須臾之間，我與瑞祥回神過來，已回到台北的教室。

「但願人長久，千里共嬋娟」是蘇東坡在三十九歲時思念弟弟所寫，並非寫給異性。但是千年以來，世人把這兩句轉譯成了愛情文句。還原時空，蘇東坡當年看著美好的月色，思念在他鄉的弟弟，希望兩人平安無恙，即使相隔千里無法相見，也希望能夠共覽明月之美。

蘇東坡眼裡有光，下筆也將明月光送給弟弟、送給天下人。到今日，我們讀著「但願人長久，千里共嬋娟」，依舊被感動著、對美好期待著。

「說故事時，要有光，對嗎？」瑞祥興奮地說。

是的！瑞祥。你可以述說情節豐富的故事，你也可以努力鋪陳「新梗」來讓聽眾開心，但是「要有光」！我沒有辦法給你標準範本，只要記得你在說故事時候，你的內心、你的眼神，要通透出一股崇高的精神。它來自你對生命的嶄新體驗、來自你面對挑戰的不屈不撓；你要點一盞「長明燈」在自己的心裡。再將一道道的光，投射到你所述說的故事裡面。

所以，**在你所述說的故事裡，要給人信心、給人希望，這是說故事的基礎**。不論你從事多麼需要專業或是理性的工作，一旦你需要說故事，第一個重要的境界就是「要有光」！你不需要精心去設計一個故事，我希望每一次你需要說故事時，真正感受到溫暖的、被振奮到的，不只是聽眾，更是你！

第二境界：搭個好舞台，感動天下人

瑞祥自從上次神遊蘇東坡的溪邊小舍之後，似乎找到了說故事的「主心骨」。是的，要有光！可是他從這個思維出發，覺得說故事還是應該要有一個邏輯架構才對。於是第二堂課時，他直接就挑戰了我。

「我要如何在內心有光的感動下，設計故事的邏輯結構呢？」果然一次的催眠，還無法撼動他的習慣思考方式，於是我再次對他進行了催眠。

這次，我將瑞祥的意識帶到了一九九〇年。這一天，來自日本京都的小山美秀子女士來到了紐約，拜訪知名的華裔建築師貝聿銘。美秀子想要捐出位於京都府郊外山區的一大片土地，來興建一個美術館。那時貝聿銘剛在巴黎羅浮宮廣場興建了玻璃金字塔，聲名大噪。

「瑞祥，你同意嗎？貝聿銘設計的玻璃金字塔，是個不可思議的『造景』工程，他讓昏昏欲睡的羅浮宮完全甦醒了！」我轉身看著美秀子一臉的期待，明白大師又要承接一個艱鉅的任務了。

美秀子希望她的「美秀美術館」（Miho Museum）能夠世界知名，並成為京都府的地標之一。可是預定地點位於交通不方便的山區，加上生態保護的考量，整個美術館能使用的平面空間並不多。對於任何建築師，「美秀案」都是一個嚴峻的挑戰。

此時，貝聿銘將一張小紙條遞給了美秀子。「我在瞭解妳的成長背景之後，明確有了一個想法，小紙條上的內容如果妳同意，我們就算邁出了第一步。」美秀子輕輕打開紙條，看見了「桃花源」三個漢字，她燦爛地笑了。

美秀子所凝視的「桃花源」三字，出自她從小最愛朗誦的中國古文《桃花源記》，全文述說著一群人遠離世間的塵囂，在一個被世界遺忘的角落，打造出令人心馳嚮往的樂土，這也正是美秀子興建美術館的無上心願。

「晉太元中武陵人，捕魚為業。緣溪行，忘路之遠近。忽逢桃花林，夾岸數百步，中無雜樹，芳草鮮美，落英繽紛⋯⋯」貝聿銘沒有食言，他最後成功打造「美秀美術館」成為一片桃花源淨土。

我看著手錶，能夠靈魂出竅的時間已過了十分鐘，但是瑞祥還沒有機會瞭解大師是如何為美術館「造景」，於是我拉著瑞祥，轉換時空到二〇一九年四月四日。那一天，我確實親自來到了美秀美術館。

「大煊老師，我看到當年的你了！」瑞祥感到十分興奮。

「你就跟隨著當年我的腳步，我停你就停；我回頭時，你記得一定也要回頭！」瑞祥依照吩咐，跟著昔日的我，走進一條通往美術館的彎曲隧道，視野慢慢變得漆黑。突然，當年的我回頭一望，瑞祥也跟著回頭。頓時兩人都愣住了！回望時隧道內的黑漆，遮住了部分的視野，卻在圓弧形隧道入口旁，看到一片粉桃色的櫻花盛開著，「忽逢桃花林」的景象出現了！

當初我回首凝視的地點，至今也是無數來到美秀美術館的遊客所佇立、感到驚豔的位置。貝聿銘將古文中的「緣溪行」，轉境成「順著山區的隧道而行」；而他深知日本人酷愛櫻花，將「忽逢桃花林」的花種更換，但是花色不變。這使得每年日本的櫻花季，數百萬來到京都賞櫻的觀光客，自然也將美秀美術館列為賞櫻的重要行程。

「大煊老師，回頭看到隧道口的櫻花林，真的是美呆了！」瑞祥停頓了一下，「您是要告訴我，說故事時，要有景，對不對？」

是的，要有景！親愛的瑞祥，你要為自己所說的故事，搭建一個讓聽眾的視覺感受到震撼的舞台，即使台下是使用耳朵的聽眾，他們一樣可以覺得「自己看到了」你想給出的景。

會說故事的人，需要好好造景。當你把舞台搭好了，故事就成功了一半。不相信的話，我回顧知名作家余秋雨先生曾說過的一個故事：

話說一對夫妻，妻子的身長比先生高出一截。下雨時，先生總是將持傘的右手，直直高舉來為愛妻遮雨。後來妻子因病先逝，再逢下雨天，先生持傘外出時，右手依然筆直向上舉傘……

我回憶當年余秋雨先生述說的故事架構，不到一百字，卻蘊含著深愛，它是光；而先生勉力舉傘的動人畫面，它是景。好的故事，因為有景，就算字數少，一樣感人。

第三境界：請出倚天劍，懾服天下人

瑞祥自從上次神遊京都外郊的「美秀美術館」之後，整個人又陷入了苦思。當他開始知道要為故事「造景」，因此搭建一個舞台時，他卻比以往更不知道該如何說故事了。他苦惱原來自己想要表達的論述或觀察，不知道何時才可以放到故事中去發揮？

於是在新的一堂課，我決定指導他去「萃取」自己的獨特觀點，再放進故事中。這一次的催眠，我將他帶到西元二〇〇二年底的美國波士頓鄉間。

夏日傍晚時刻，瑞祥與我踏進湖濱的落葉小徑，湖面靜謐，我們尾隨三位操持東歐口音的神秘客，一位白髮稀疏的老者在木屋門口等候著。

這位老者是哈佛大學的政治學教授吉恩先生（Gene Sharp），我們以譯音暱稱他為「驚嚇博士」。他常常接見數十個國家的神秘客，國際知名度應該夠高了吧！

原來最近東歐某國家的總統選舉出現了大問題，現任的獨裁領袖縱使在選舉中舞弊，還是輸掉了選舉。他拒絕承認選舉的結果，自然也就拒絕下台。反對黨決定舉行全國性的示威抗議，但是他們需要一套有效的策略來執行，經過特殊管道的介紹，他們找上了當時七十四歲的「驚嚇博士」。

博士的書房堆滿了書籍，三位東歐訪客只能找空位坐著，而我與瑞祥雖然只是意識來訪，還是本能地尋找地方站立。

驚嚇博士是牛津大學的政治理論學博士，一九八三年哈佛大學支持他專門研究和宣傳用「非暴力手段」來推進自由民主的過程。他觀察全球從一九二〇～二〇〇〇年這八十年間，所發生大大小小的關鍵性政治抗爭事件，發現採取「非暴力」的中心思維，再搭配其他策略的應用，成功的機會最大。從中東、非洲到歐洲，經由他暗中指導的抗爭運動，屢屢告捷。

「非暴力就只能任人宰割，獨裁者完全可以用武力輾壓抗議的群眾，這怎麼可能會有效呢？博士的論點果然另人感到『驚嚇』！」瑞祥具有邏輯思維的質問，十分合理。但我請他好好聆聽博士在昏暗燈光下的叮嚀。

「你們只能從大老遠從東歐過來，很抱歉最近我的身體不好，只能與你們聊一小時，我先說個故事。一九五五年十二月一日，住在美國阿拉巴馬州的黑人女性帕克女士（Rosa Parks）搭乘一輛公車。當時該州規定黑人在公車上，不能坐前四排的椅子，只能坐在第五排以後。那天她依規定坐在第五排，可是公車在坐滿人之後，上來了一位白人男性，司機要求她讓坐，她以前都會照辦，但這一次她再也不願意妥協了，堅決不讓座，司機報警將她逮捕。帕克女士後來被法庭判了十美元的罰金。看不過這件事的團體發動了罷乘阿拉巴馬州公車的運動，時間長達三百八十一天，沒有人使用暴力抗爭，完全使用和平的手段，結果使得阿拉巴馬州的許多公車空置，票務收入大受影響，最後美國國會廢除了歧視黑人公民的法案。」

瑞祥說：「老先生這個故事有意思，我慢慢聽出他的核心論點了，完全超出想像！」我示意瑞祥繼續聽下去。

「你們所面對的這位獨裁者，最後剩下的武器就是效忠於他的部分軍隊及警察，如果你們與軍警正面衝突，就會被貼上『暴民』的標籤，正好給他一個鎮壓的最好理由。你們需要一點耐心，但時間不會太長，因為獨裁者的敗象已露，只要國際的壓力夠大，你們也堅持『非暴力對抗』，原來支持他的軍警最後會倒戈把他推翻。或許，你們內部一定會有人覺得『我受夠了！』，打算正面衝突。但不可以這麼做，一定要約束他們；

同時要提防有人故意假扮成抗議者，卻動用武器來對抗政府，要把這些人揪出來！」

瑞祥說：「博士太厲害了！透過故事的引導，再把自己的論點與策略說得清清楚楚，在邏輯上全通！」

「博士的論點看似柔弱，其實很鋒利，對不對？」瑞祥立刻回應，「沒錯，沒錯！我明白了，所以說故事時，要有鋒！」他的話一落下，十五分鐘的期限到了。瑞祥的意識回到台北教室時，我看到了他激動的神色。而在我們離開小木屋的一個月後，那位獨裁者被和平推翻了。

是的，瑞祥，要有鋒！**你要把自己覺得最獨特的觀點，放進故事中。讓大家聽完你的故事之後，連帶被你的論點所懾服。**你的鋒，就是一把倚天劍！你要亮劍，讓聽眾感受到你的與眾不同，而且收穫滿滿。

第四境界：傷痕不遮蔽，面對天下人

我們希望聆聽台上的講者說著動人的故事，但人性很矛盾，讓聽眾感到太優秀、太厲害的講者，有時會與聽眾之間產生距離，這該如何是好呢？

「瑞祥，你有想過嗎？以你現在所學，在演講中去說故事，你的表現將會完美有力，一定會圈粉無數。可是，你敢在說故事的過程中，揭露自己的遺憾或不完美嗎？」

瑞祥疑惑地看著我：「我把故事講好就夠了，為什麼還要說出另外的東西？不是扣自己的分嗎？」於是透過催眠，我第二次帶他來到日本。

我們來到了 NHK 電視台，等瑞祥回神過來，眼前正是一位八十二歲頭髮全白、蓄著整潔白鬚的嚴謹老者，他準備接受記者的專訪，而這段訪問，是 NHK 耗費十年追蹤老人家的其中一段。

「我認得他，他就是……」瑞祥突然變得很激動。「小聲點，是的，他就是宮崎駿！」我將瑞祥從大師身旁拉開兩步，免得他妄想找大師簽名。瑞祥說他小時候就是看大師的《龍貓》、《神隱少女》及《霍爾的移動城堡》長大的。可是瑞祥發現今天的宮崎駿，神情有點傷感，原來是記者問起了大師的親子關係。

「您會刻意不跟兒子（宮崎吾朗）見面嗎？」記者問。宮崎駿有點壓抑地回答：「與其說不見面，不如說是盡量不接近他。我二十六歲時，吾朗出生了，那時我還沒什麼名氣，還可以陪著他、逗他。可是後來我太忙了，完全沒時間陪他，我說這句話不是在逃避什麼，可是結果好像也是一樣……我對那個長大的男孩，感到非常抱歉……」

瑞祥驚呼：「這段專訪完全顛覆了我對大師的瞭解，聽了好難過！可是他的兒子又是如何看待這件事？」是啊！宮崎駿也很想知道兒子是如何想的，記者就調出了另外專訪吾朗的影片，大師看了更是低迴不已。

吾朗說：「其實他只要能陪我就好了。」而隨後記者的旁白也令人心酸：「父親不在的時候，陪伴吾朗的，正是父親所製作的動畫。」

大家都看得出來，宮崎駿的心裡絕對深愛著兒子，可是他無法擺脫「嚴父」的思維框架。從孩子就讀小學起，這個父親幾乎消失了十年，他完全錯過能與孩子建立親密關係的黃金歲月。這個被事業忙碌所無情拉開的十年，使得他只能用本能似的斥責，來表達對孩子的關愛。就算他看到了 NHK 對兒子的專訪，他還是感到很無力，家家都有本難念的經。

「難怪在宮崎駿的作品中，主角幾乎是小女孩。因為他沒有女兒，反而可以不受拘束去刻畫小女孩的可愛故事；一旦碰到小男生的角色，他的發揮反而變得拘謹多了。」瑞祥終於明白了大師內心的傷感。所以他接著警醒地說：「所以這次你是告訴我，說故事時，要有痛點，對不對？」

瑞祥，不是「痛點」！因為一般提到「痛點」，是指行銷上的受眾所在乎的事，我不是要你去行銷什麼。只是希望你明白，當我們看到宮崎駿的無奈，並不會折損對於大師的熱愛與敬重，反而透過大師的不完美、大師的歲月「傷痕」，我們才算是真正了解大師。NHK 或宮崎駿也正是希望如此，否則何必如實播出多年來的跟拍與專訪呢？

親愛的瑞祥，這次是「要有痕」！**你說故事時，可以將自己生命中的不完美或傷痕陳述出來**，我不是要你去博取同情票，而是要讓聽眾明白，你所說出的故事，有時是源自於過往傷痕在療癒之後的體悟，你不需要完美或堅強，因為我希望你能暢談的，是一個反省生命的故事。

我遇到過一位品管師，他在一次闡述 SOP（標準作業流程）的課程中，提到了自己的故事，「那個時候，我們年輕，覺得自己的應變能力也足夠，所以在一次應該執行三十個流程的品管檢驗中，受限於時間的壓力，我們省略了五個流程。其實我們也不是第一次便宜行事，但是那一次出了大事，藥品出廠後被驗出了瑕疵，整批五千萬元的銷貨被退回，我與相關的品管人員全部被裁撤，我因此失業了半年。在那段歲月中，我一直走不出來，總覺得自己很倒楣；但是直到後來我不再抱怨，決定以後不要再便宜行事，我才終於找到了新工作。」

他一定是夠勇敢才敢講出這一段，他講的就是歲月不堪的傷痕。他痊癒了，傷痕還在，但聽過這個故事的人，真正收到了忠告，這才是有意義的說故事。

第五境界：熱血許大願，造福天下人

「我原本以為說故事的境界『有光、有景、有鋒』就不得了，沒想到上次您又增加了『有痕』，我就更期待今天的最後一堂，您要如何收尾了？」瑞祥今日特別主動。

其實，「有光」與「有景」，一個是無形，一個是有形，可以視為一組；「有鋒」與「有痕」，一個陽剛，一個陰柔，又可視為一組。但是還要有第五個境界來總結這兩組，整個說故事的層次，才算完整。

多年前，我應邀在一個訓練課程擔任講師。授課完後，單位主管說著：「感謝老師為我們帶來這麼精彩的內容。這一次，我們一起努力，運用課程所學，讓未來一季的業績成長百分之三十，大家說好不好？」聽到這段發言，我只能拼命苦笑。

「看來您不滿意百分之三十，要成長多少，才會符合您期待？」瑞祥似乎覺得我太嚴苛，能夠成長百分之三已經不錯了！而我真正的期待是百分之百以上，因為百分之三十的成長，通常表示對方沒有被我的授課所振奮，所以不敢承諾投入真正的努力。我始終認為，如果一個人被好的故事所激勵到，那麼在「現實數字目標」上面的衝刺，就更應該展現高標準的鬥志。

於是最後一次的意識移轉，我決定帶著瑞祥去一八九七年的紐約看看！

不久，瑞祥身旁坐著一位體態發福，圓臉蓄鬚的建築師丹尼爾先生（Daniel Burnham），他當時正在認真構圖中。

丹尼爾在二十世紀尚未來臨時，率先以鋼骨架構設計了美國第一棟摩天大樓，當時九十一公尺的建築高度，以今日台北一〇一大樓的五〇八公尺高度來對照，根本是小巫見大巫。不過回到一百二十多年前，環顧紐約的曼哈頓，這棟摩天大樓一旦完成，可真的是一柱擎天。但是因為施工上會遇到高度的困難，丹尼爾的設計圖面臨了很大的質疑聲浪。

丹尼爾一邊畫設計圖，一邊對旁邊的助手說：「別做小計劃！小計劃沒有魔力讓人熱血沸騰，還可能無法實現。」瑞祥一聽到這句話，頓時覺得醍醐灌頂，熱血直衝腦門。

「這位丹尼爾跟貝聿銘一樣帶種，專搞嚇死人的大事！」感覺瑞祥有點開竅了。「小計劃小贏，可是你不會熱血沸騰；如果工作不能讓你產生熱情，那就是在上下班中虛度歲月了。難怪老師你會期待那個單位的業績，呈現至少百分之百的成長！」

是的，感謝瑞祥，你終於明白了。我希望你在說故事的最後，能夠鼓勵台下的聽眾或學員許下宏願，讓他們躍升到更上一層。百分之百的成長似乎很足夠，但是如果一個人所定下的計畫足以讓自己覺得「很爽」，為何不能是百分之兩百、或是百分之三百的成長？

「所以最後一個境界，是要有願，對不對？」

是的，瑞祥，要有願！我們為什麼要在演講中說故事？難到只是為了彰顯講師有本事？當然不只是如此。**講師最希望的，是希望故事一說完，聽眾能夠懷抱熱情，起而行動，以「倍數成長」的願力，實踐故事中所傳達的精要**。這樣，不是很棒嗎 ？

十五分鐘的期限，最後只剩三分鐘，我將時間轉換到摩天大樓完工的一九〇二年，瑞祥站在曼哈頓第五大道上，望著型似熨斗的摩天大樓，他突然覺得很眼熟，「哎呀！這不就是在《蜘蛛人》電影中出現的那棟高樓，蜘蛛人就是從這裡一躍而下，完成英雄救美的任務啊！」

是的，這座承載著丹尼爾大師熱血的摩天樓，成為了好萊塢電影中的重要地標。從這裡出發的故事，不管是愛情、商業或是英雄行為，無不展現出世人的強烈願望。它就是一座會讓人熱血沸騰的紐約地標！

「瑞祥，期待所有聽過你說故事的人，都能因此許下大願去實現新的目標，這樣也才能真正幫助到他們，也才不會讓你所說的故事成為抽屜裡的收藏，或是下課後的聊天題材而已。不要擔心他們許下的宏願無法實現，如果是真心渴望，整個宇宙都會來幫忙實現，不是嗎？」

就這樣，瑞祥完成了在我這裡的學習。

結語

瑞祥結業之後，發現能說好故事，實在太迷人了。他一直回來詢問有沒有「第六境界」？我一直偷笑著。任何人只要融會貫通前述的五個境界，就會「自動生成」第六境界出來，誰說一定要是 AI 才會自動生成？

所以在此，邀請看完本篇幅的你，一起跟我覆誦：要有光、要有景、要有鋒、要有痕、要有願！

然後，成為我的第二位學員。

深入人心的演說與表達技巧

● 林美玉

講自己做得到、自己喜歡的，真性情就是好文章，有溫度、有生命力的傳遞「訊息」，自然就會引起聽者的共鳴！

有溫度與生命力的訊息傳遞

（原三分鐘影片剪輯為一分鐘）

QR Code 的影片是目前我那已擔任醫師的女兒在小學三年級上台自我介紹時導師錄下來的。

當時是開學的一天，老師請全班同學上台自我介紹，輪到女兒上台一開口，導師馬上請女兒稍等一下重頭來，因為她要錄下來……。

那次女兒讓導師驚豔的三分鐘自我介紹，或者我個人在演講、爭議調解、辦活動、擔任會議司儀或主持宴會、甚至年輕時期的業務銷售……等等，都有著可以深入人心的關鍵技巧，今日透過五個重點分享給大家。

日常生活中，無論是演講、簡報、自我介紹、擔任主持人、業務銷售還是與人溝通，甚至是在社交或商務活動中，要如何在一開口的瞬間就能抓住對方 (或聽眾) 的注意？甚至讓人從頭到尾都不想錯過任何一個段落？

有溫度、有生命力的傳遞「訊息」是成功讓他人買單的重要關鍵。

筆者今日就個人在「深入人心的演說與表達技巧」提出五大重點分享。

在談五個重點之前，先讓讀者了解本文能應用到的五大層面：

一、**商務簡報或演講**：關鍵的前五分鐘決定聽者是否繼續再聽下去。

二、**任何場合自我介紹或與陌生人拉近距離**：你跟別人有什麼不一樣？如何調頻快速拉近距離？

三、**商務洽談**：富生命力、感動力——有溫度的內容最有影響力、最能讓對方買單。

四、**車禍、債務、勞資爭議……等的溝通、談判**：運用可依循的方法圓滿調解成功就不必上法院。

五、**拿麥克風致詞、擔任司儀、主持人串場**：可以融會貫通的重點及細節。

了解上述這五個可運用層面的分類後，接下來：

本文從這五大應用面架構了五大重點，讓您在任何情況下都能自如掌握「深入人心的演說與表達技巧」；讓自己在每一類的表達、溝通都能更具影響力；讓聽者專注聆聽、記住並採取行動。

網路發達的現代社會，AI 可以為我們找到許多理論的文章，但 AI 提供的文章並沒有實務經驗者的「**溫度**」與「**生命力**」。因此，筆者在本文五大重點中所談的都是個人實務累積而來的，請您細細品味。

兩個重要提醒

一、掌握黃金圈法則！

美國知名作家西蒙．斯涅克因在 TED 演講中提出黃金圈法則而一舉揚名。黃金圈法則的核心思想是，在溝通表達的時候，按照一個特定的結構也就是 Why—How—What 進行表達。

黃金圈法則如圖所示，從內圈到外圈依次為：

Why 初心：任何溝通表達都要記住初衷和信念，「不忘初心，方得始終。」

How 過程：就是規劃怎麼做，這是為了達成目的所需要採取的「切入點」和「執行思路」。

What 結果：我們做什麼？可以達到我們想要的結果（目標）。

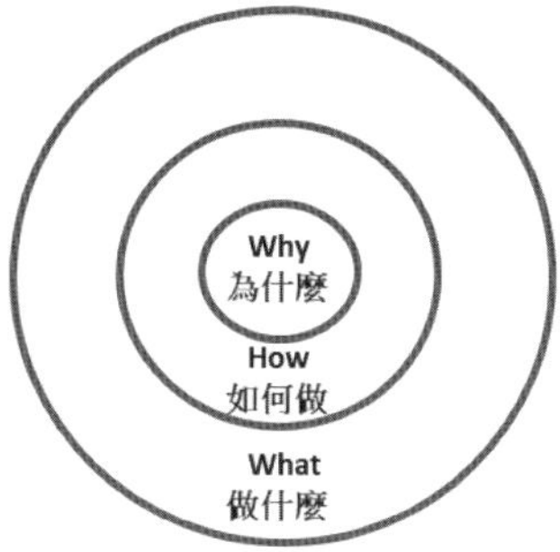

黃金圈法則

二、中庸之道最殊勝！

說的太多或太少、聲調太高亢或太平緩、肢體動作太大或太小——過與不及都會扣分！

因此，讀者要從這五大重點中運用中庸之道法則，並持續不斷的練習，讓自己在任何場合隨時掌握深入人心的演說與表達技巧。

五大重點

當我們了解前言所提的大方向後，我們要開始進入五大重點：

一、演說的技巧：從「演」與「說」兩大部分談。

二、聲音的魔力：聲音語調（抑揚頓挫）的運用。

三、停頓的力量：停頓是演講的「留白藝術」。

四、圓滿的溝通：不必很會說，但要掌握人性溝通技巧。

五、司儀與主持：拿麥克風說話不難，但行雲流水、有生命力的串場需要培養及累積實力。

① 演說的技巧

關鍵的開場：與眾不同的開場最吸睛

五分鐘以內交流的黃金開場法則：十秒決勝負！

一小時以上的演講或各類溝通則：前五分鐘是關鍵！

記住：「人們通常只關注自己，以及自己在乎的，又或者是特別的！」

千篇一律的演講、自我介紹、商務社交……常令人感到乏味無趣，尤其人們的注意力是極為短暫的。研究顯示，當你開始說話的前十秒，聽眾已經決定要不要繼續聽下去。因此，開場的方式更顯重要！

以下是幾種黃金開場法則：

一、找到一種屬於自己特色的開場

筆者女兒小學三年級時自我介紹的開場是唱兩句與她名字相關的兒歌，那次與眾不同的開場成功捉住導師及全班同學的注意力！而我自己一開口問好的聲音就會先讓大家抬起頭來，再加上我介紹自己是：女軍官退伍、當選過一九九二年環球中姐、擔任過配音員等特別資歷後，通常在一開場就捉住聽者的眼球。

找到自己特別的特點開場是一種很有特色的「調頻」。

二、從故事開場

最適合當開場的莫過於自己的小故事，但必須與主題相關。

人們天生喜愛故事，因為故事讓人產生共鳴、專注並更容易記住內容。說故事是一門藝術，而掌握關鍵元素能讓故事更引人入勝。

以下是說故事的核心重點：

- **結構清晰**：骨架會決定故事的流暢度，因此架構及環環相扣的鋪陳很重要。
- **開場特別**：開頭用懸念、衝突或獨特場景引發好奇心。
- **角色塑造**：變換聲音讓聽者進入情節。
- **中段節奏**：段落分明、避免冗長鋪陳，以情感連結人心產生共鳴推進故事核心。
- **衝突設計**：推動故事的引擎：多層次衝突製造緊張感。
- **直入人心的結尾**：結尾留下情感衝擊或開放思考，即使事實隨時間淡去，然而情感印記卻能長存人心。

三、以活動熱場並帶動大家的參與感

通常參與者初次進入陌生環境，多數人會保持防衛姿態，熱絡的開場會有融冰的效果，能讓陌生的彼此放下心防，在活動中設計「熱場環節」就像替引擎預熱，能讓參與者快速進入狀態，提升整體活動效益。如果沒有屬於自己特色的經歷或故事，以活動熱場不失為帶領者拉近距離的好方式。

具體好處與實用技巧是：

1. **破冰遊戲**
   - 建立「共同經驗」，例如：限時找到五位與自己同星座者。
   - 一起做簡單但好玩的動作，例如：拍手節奏接龍。
2. **設計有趣的問答活動啟動參與感，讓聽者從「觀眾」變「主角」**：當人們實際行動（舉手、移動、發言），大腦會更投入情境。

四、用問句開場

用問句開場就像在聽眾腦中按下「啟動鍵」，能瞬間激活參與感與好奇心。

例：「你昨晚的睡眠，是充電還是耗電？（……停頓……）根據亞洲睡眠協會調查指出，台灣有高達八成的中年人有睡眠障礙，因此很多人其實在『睡假覺』」。

善用問句開場如同心理柔道，用對方的認知動能推動溝通，關鍵在於「**問題比答案先抵達聽眾內心**」！因此**當你拋出好問題時，說服工程已完成一半**。

五、直接說重點：

不要拐彎抹角，直接點出主題。例如：「今天，我要教你一個方法，讓你在十秒內抓住聽者的注意力！」

有句閩南諺語：「頭過身就過。」可見開場是何等重要！

主體架構：「演」與「說」

一、有關「演」

大文豪雨果：「臉上的神氣總是心靈的反映。」易經的智慧告訴我們：「相由心生。」一個人的面部表情及肢體動作表現出來的是「太過」？或「不及」？在演說中有很重要的指標！

記住：中庸之道最殊勝！

「演」是一種視覺效果，包括：肢體動作、位移、服儀及圖片的帶動力。死板的「說」是無法引起共鳴的，但不要把「演」的部分錯認為是演戲，所以不宜太誇張。

以下就幾個小項分別說明：

1. **動作及手勢**：動作及手勢可帶動聽者的注意力，但太大的動作或手勢又會讓人感覺不好，而且注意力會被手勢帶走，反而會忽略了最重要的內容。
2. **眼神**：眼睛是會說話的！一個人的自信度也是來自眼神，而在台上眼睛與聽者交流時不能快速飄移過去，眼神要睹定的關注到場內每個角落，像在跟任何一位聽者說話。**易經的智慧告訴我們：心是眼的根**。這就像長不好的花草樹木，它們的根通常是不健全的。
3. **儀態**：儀態是身體律動自然表現的身體語言。「儀態」可分為兩個更深的層面：一是「儀」，內心誠懇者知如何進退應對、懂禮儀，那麼儀則正。二是「態」，「態度決定一切」這句話大家都耳熟能詳，但最基礎的運用竟然是在儀態的練習，或許是很多人沒想到的。**記住：「心善則禮至，心誠則儀正，說話則有度，價值則產生。」**
4. **道具**：包括簡報、圖片、物品等等都屬於「演」的部分。視覺化會讓人印象深刻，但簡報內容太花俏或道具太過複雜、華麗，反而會失了焦，聽眾被道具吸引後，專注力容易被分散。

5. **服儀**：得體的服裝對聽眾是一種尊重，也是一種素養。此外，當別人不認識你時，就會先從服裝來判斷你這個人，如果服裝得宜，在專業形象上是有加分作用的（後文有對服儀再做解說）。
6. **位移**：演講或舞台上的位移是與語言、聲音並列的「第三維表達工具」，能強化訊息傳遞、調動觀眾注意力，甚至重塑演講的空間張力。尤其在說故事時更要運用位移做角色互換的區隔。

二、有關「說」

1. **內容**：要言之有物、更要切合講題！有時會聽到一些演講是：「你定你的題目，我講我要講的」實為不妥。而陳述的過程中，可以「幽自己的默」，絕不要批評他人！**還有一個重要法則一樣是「中庸之道」！不要一直只講理論；也不要只是一直在說故事或講案例**。

2. **組織架構**：要經過設計（就像蓋房子一樣），再用三段式的結構法則（時間長就以五段式）把結構組織起來，且要設計好每個段落環環相扣，沒有設計過的內容會像一堆一堆毫無相關物件的堆疊。

(1) **前言**：用前面提到特別的破題、開場方式，用與主題相關的故事或實例，或者是以活動當開頭串接到主題上，在一開始就先抓住每個人的視線及注意力。

※ 注意：有些人會在前言講完全不相干的笑話，講完後就沒連貫性的進入主題，這樣是沒有環扣的。

(2) **主述**：可再分幾個小段落，如果以理論與實例穿插其中會比較能引人入勝。若一直講一些教條的理論，或者從頭至尾說故事或講笑話，都不是好的演說！

(3) **結論**：用簡短有力的結語，把所有人的感覺帶到最高點結束，讓大家有種期待的心理（要一氣呵成、前後呼應）。有些人在演講的最後，感覺上已經是最後要結束了，可是又講了一些其他的，或又拖了一些時間，這樣會有點可惜！好的結尾能讓人印象深刻，甚至促使行動。

3. **聲音的表達**：我們在下一個重點會有另一篇幅來談之。

4. **說的方式**：要自然就不要背稿，背稿沒感情且無法引起共鳴。這就像你賣一種產品，當你在講它好時只是在背 DM 上記載的，那種沒有生命力的陳述，顧客購買的意願就不會高！

透過以上的方法將自己要講的內容內化後，每個段落環環相扣，最後又能做最完美的結束，那麼必定是一場精彩的演說。

演說技巧中最重要的其實是：講自己做得到、自己喜歡的，自然就會引起聽者的共鳴！

② 聲音的魔力

每次我在擔任司儀、主持人或者在陌生環境自我介紹時，只要一開口就會讓人想要繼續聽我說下去，很重要的是如果單憑天生音質、音色好，若沒有後天的練習，說出來的話語自然不會有生命力以及渲染力！相信平時我們也聽過許多聲音好的講者，因為沒有掌握好抑揚頓挫、語速、轉音、音量、音調……等等之外，也不知如何與聽者「調頻率」，就沒能引人共鳴，實在可惜。

聲音是演說者與人溝通時最私密的樂器，能穿透邏輯防線、喚醒情感記憶，甚至重塑聽眾的認知，從音高、節奏到質感，都能適切的拉近與他人的距離。

聲音運用得淋漓盡致的知名人物及事蹟的典型代表就是：

英國前首相邱吉爾在戰時演說時會刻意夾雜咳嗽聲，塑造「帶病堅持」的悲劇英雄形象。以及知名脫口秀演員奧普拉在經典脫口秀橋段中，擅長用破音哭腔觸發集體共鳴。

比起文字，人類更傾向透過聲音來理解並記憶語言！

音質、音色是天生的，不過抑揚頓挫、音量、音調、速度的表達是可以透過練習的，這個部分關係到聽者在接收訊息時的「感覺」！「感覺」好時會比較能集中精神聆聽。

拆解聲音的戰略層次與實戰心法

一、聲音的三大維度與心理槓桿

1. **音高的「情緒導航」**：傳遞興奮、危機感（例：突然拉高可能是談到生存問題！」）。
2. **低音的塑造權威、可信度**：例如，數據公布時壓低嗓音：「這個研究揭露了驚人的真相⋯⋯」。
3. **起伏波動避免「機器人式平調」**：運用聲音波浪層次吸睛（參考新聞主播播報新聞模式）。

二、語速的「大腦綁架術」

1. **衝擊式加速**：在舉案例時加快（「甲說……、接著乙……、最後丙更是……」），營造緊迫感。
2. **減速法**：關鍵字前突然放慢（「最終的答案只有兩個字（停頓）：勇氣」），強化記憶點。
3. **科學數據比例**：理想語速為每分鐘一五〇至一六〇字，重要段落降至一二〇字，次要資訊語速可達一八〇字。

三、音量的「空間雕刻法」

1. **漸強或漸弱**：講故事時從小聲漸強到較大音量（例：「昨晚……（輕聲）突然看見……（放大）」）。
2. **突襲的重爆音**：在否定（或肯定）句加重爆音（例：「絕對不能（重音）就這樣放棄！」）。
3. **麥克風操控法**：靠近麥克風低語增加磁性，拉遠時聲音變清澈。這個方法大家最常看到的是歌手演唱時最後一句把麥克風拉遠的效果。

四、音色的「信任度密碼」

1. **胸腔共鳴**：手按胸口發聲，創造溫暖感（適用分享個人故事）。
2. **鼻腔共鳴**：刻意帶點鼻音增加脆弱感（如「那時我才明白……（微哽咽）」）。
3. **腹音控制**：避免喉音尖銳嗓音，從腹部發出的聲音才有說服力。

有句成語：肺腑之言，在筆者所研究的「面相行為學」中的「聲相」提到：從腹部經五臟六腑（不是從喉嚨）發出的聲音代表：真誠、實話。肺腑之言就是取得聽者信任度的密碼！

五、終極心法：聲音是演講者的「第二張臉」

當你說「我相信」時，聲音如果是顫抖的就會出賣內心；但若聲音如大地般沉穩，即使內容平凡也會被信服。

試著練習同一句話用十種聲音演繹，你會發現：「**改變世界的力量，不在於說什麼，而在於怎麼說。**」

聲音練習

1. 要練就有魔力的聲音就透過以上的解析，每天讀一篇文章，把自己的聲音錄下來反覆做練習。
2. 跟著筆者 YT 正能量頻道一起做聲音的練習！（跟著跟著就會了！）

◆聲音跟練 YT 頻道

③ 停頓的力量

講課講到一半時，我突然停止說話，在一片沉默的當下，所有人都抬起頭來看著我，我告訴大家：這就是「停頓的力量」！停頓會產生力量？是的，一時間突然的靜默，人們不知道發生什麼事了，可能會覺得害怕，所以它是一股「力量」！與人交談時，如果沒有在適當的段落做停頓，那麼在聽者還要自己整理的狀況下，恐怕比較難達到預期成效。

知名演說家馬克．吐溫：「沒有任何言語比適時的停頓更有效。」

——停頓，讓段落更加分明，會讓聽者更易接收傳遞者的訊息！

——停頓時，「不說話的瞬間」是掌控節奏、強化訊息、建立情感連結的無聲工具。

以下筆者從作用、技巧到實際應用，解析停頓的隱藏力量。

停頓的四大核心作用

一、**強調重點，讓重要訊息「被聽見」**：關鍵句前的停頓（一～二秒）能預告重要性，例如：「接下來這句話，將改變各位的觀點（停頓）……。」數據或結論後的停頓（例如：「銷量增加了百分之五百……（停頓）」），讓數字在沉默中發酵。

二、**控制節奏，打破機械感**：避免「連珠炮式」演說，造成聽者聽覺疲勞，用停頓來做自然分段。例如：用「短句＋停頓」結構：「人生不是註定（停頓）……而是選擇」）。

三、**創造懸念，引發主動思考**：在提問後停頓（「為什麼我們一定要這麼做呢？……（停頓）……」），迫使聽眾自行尋找答案。故事轉折前的停頓（「他走了過去，一看竟然發現……（停頓）……」）這樣做可以發揮最大化的注意力。

四、**重塑演講者形象**：流暢中帶有策略性停頓傳遞「自信」與「掌控感」（更可改善因緊張而導致的語助詞如「呃、然後」）。讀者也可觀看賈伯斯發布會影片上經典的停頓設計，運用停頓技巧可塑造從容的領導者形象。

最後補充一點：停頓是演講的「留白藝術」。

④ 圓滿的溝通

不論是演說或任何場合的溝通，甚至是爭議調解，有一個很重要的重點:「不必很會說，但要擅溝通」才能圓滿達成目標。

筆者常跑調解委員會及法院為一些當事人做車禍或勞資爭議……等調解，每次都能讓原本怒目相向的兩造雙方握手言和，達成和解。這都是因為不僅懂相關法律常識外，更能掌握到**人性的溝通技巧**。

「說」只是單向的表達，而「溝通」的目的是要對方買單（認同）。

因此掌握人性溝通法則太重要了！

達成圓滿溝通的重要人性心理法則

一、**真誠的笑容**：寧願微笑有皺紋，不因嚴肅而蒼老！**全世界最美的語言就是：笑容**。有句話說：「伸手不打笑臉人。」記得隨時保持微笑，溝通起來更沒障礙。

二、**適時的讚美：有一句話大家記下來：「人只要被讚美智商就會降低**。」當人們被讚美後心情就愉悅，你說什麼就很容易入心了。然而，記住：**讚美要說出具體事實！**才不會讓人覺得不真誠。

三、**同理心**：想想看自己喜歡如何被對待？**是的，人都期待被同理**！溝通前先想想如果自己是對方的話，想要他人如何對待自己？當我們站在他人立場想時，說出來話的溫度及生命力更能讓人接受。

四、**學習問句及聆聽**：人性心理就是喜歡說，然而在溝通時往往忘了要讓對方說。人性心理喜歡被聆聽，因此我們要學會用適切的「問句」，然後耐心的「聆聽」對方說，這樣更能達到圓滿溝通的目標。

我在領導力、溝通力課程中常請學員學下來的兩句話：「學會問**問句者**～掌握溝通**主導權！**」、「問對問題**答案才出得來！**」

當我們不斷學習用問句引發聽者說，我們就會越容易聽出對方的需求。

溝通、協調絕不是站在自己人的立場看事情及談判，而是要能以客觀第三者的立場去協助雙方，並幫忙看他們自己看不到的盲點，讓雙方可以為好的目的各退一步，並取得共識、達成目標！

⑤ 司儀與主持

懂的人看門道；不懂的人看熱鬧。

拿麥克風說話不難；但行雲流水、有生命力的串場需要學習的。

在我擔任司儀的一些重要會議或主持的晚會，結束後，總會有很多人特地過來或發訊息向我致意，並讚賞我從開始到結束行雲流水、全無冷場，讓人意猶未盡，甚至流連忘返……。

其實，筆者從十九歲開始在部隊擔任教官演講、辦活動、擔任三軍聯合大會司儀及各類型主持人，至本書出版已滿四十年，辦理及主持過的活動超過千場以上（其實已不知其數……），然而至今我始終：把每一次會議或活動**當第一次在準備！**

這就是我可以讓每一場活動行雲流水的祕訣！

很多人以為擔任司儀不就唸稿？主持人不就拿麥克風串串場嗎？所以常會看到很多流於形式沒有生命力的會議或活動，感覺就是「千篇一律」或「行禮如儀」。多數是台上、台下分別吵鬧、喧囂的過了三小時……。

當然，如果是單純「好玩」，那也就不必太計較了。然而多數人一生只有那麼一次機會：嫁娶、特別活動中的主角，或者擔任自己主辦活動的主席，想要讓會議、典禮有聲有色；又或者自己隨時都有機會拿麥克風；或想擔任出色的司儀或主持人……，那麼這門課的學習就相當重要了！

因此，掌握前言所提到「黃金圈法則」針對主題策劃活動，自己先與活動的精神連結，了解主人家為什麼要辦這場活動？活動的目的是什麼？如何做？做些什麼？要呈現什麼樣的結果？並用心加注可以讓賓主盡歡、有生命力的元素進去，才能「傳遞」出超水準、有生命力的會議或活動，也才能讓該場活動完整呈現意義與價值。

「司儀」與「主持人」一樣嗎？

有一個很重要的重點：多數人對於司儀及主持人的定位分不清，常造成「司儀」變「失儀」現象！尤其是想要成為講師者更要了解一些會議禮儀及細節！因本篇幅有限，在此簡單的對比「司儀」與「主持人」：

一、**相同點**：都是配角！都是賦予會議和活動生命力的靈魂人物。**記住：不要搶了主人家的光采！**

二、**不同點**：司儀在串場時要照流程走（不要太多話）且不能跳離主軸。主持人的控場則更靈活，還需配合活動臨場類型融入角色扮演，更要練習舞台魅力。

（深入課程可至「圓滿培訓學苑官方網站」了解）

稱職司儀／魅力主持 之箇中細節

一、**專業素養**：再專業的司儀或主持人每一場會議前都要做功課！而專業之外，更要敬業及樂業！

二、**事前與主事者溝通、確認流程及細節**：按前言提到的「黃金圈法則」著手。

三、**提早到會場**：了解現場環境、適應現場、測試麥克風、預演。

四、**貴賓介紹注意事項**：

1. 貴賓名單要事前了解及準備。
2. 在活動前要與主事者確認介紹以及邀請貴賓致詞順序。
3. 得宜的措詞與正確稱謂很重要。
4. 宴會表演團體的介紹要事前做功課。

五、**與工作人員的默契建立**：

1. 與音控人員溝通音樂的播放。
2. 有頒獎的大會要與典儀組充分溝通。
3. 請主辦單位安排機動人員在司儀旁隨時協助。

六、**準備與活動主題相關資料**：活動主旨相關資料、頒獎時要說的話、T-UP主席的資料、突發狀況時備用資料。

七、**合適的服儀**：為何不講服裝而講服儀？因為衣著也是一門跟禮儀相關的學問！是否常看到司儀的穿著像新娘子一樣？搶了主席或新娘的光彩是不合宜的！

主持人的服裝以小禮服或大禮服登場，視場合類型及會議（宴會）大小而定。司儀或主持人服裝的選擇以及顏色搭配……等，這又是另一門可以選修的功課了。

八、**現場的靈活掌控**：每次大會從一開始到結束我幾乎很少離開司儀台，因為：「現場常會有一些有臨時狀況……。」

要成為一位行雲流水控場的專業司儀、主持人絕非一時半刻可及，先從每一個小聚會開始累積實戰經驗吧！

結語

一、真性情就是好文章：真誠有溫度具生命力的演說、溝通表達及主持最能感動他人！

二、用心的把本文每一重點認真咀嚼並透過「練習」、「練習」、「再練習」！

三、再多的理論或學習，沒有行動的話，一切還是零！

四、現在，就開始按照所有公式及方法練習，讓你的演說與表達深入人心更具吸引力！

動靜皆宜的引導技巧

● 陳昇陽

這個篇章就像一個百寶箱，裡面裝滿了各種引導與反思的小祕訣。但真正的關鍵在於你要如何靈活運用這些技巧，打造專門屬於自己的教學風格。

告別焦慮世代，讓引導技巧成為學習的催化劑

在這個被手機綁架、資訊氾濫的世代，學習已經不像過去那樣單純。資訊無所不在，注意力卻比以往更加分散，學習者的專注時間變短、耐心變低，對錯誤的容忍度也越來越小。手機不離身、短影音一刷再刷，學習變成了零碎的吸收，專注力就像是隨時會斷線的 Wi-Fi。學習者習慣了被動接收資訊，卻越來越難靜下心來思考、探索，甚至害怕犯錯，如何讓學習不只是聽過，而是真正內化，這時候引導技巧就扮演了非常重要的角色。

一場好的學習體驗，要避免只有單向的知識輸入，引導者還可以善用動與靜的引導手法，讓學習者能真正的參與其中。「動：激發動機與體驗」：當學習者在適當的時機動起來、討論、實作，學習者會感受到學習的活力與樂趣，進而提升投入感與動機。「靜：沉澱思考與內化」：而當學習者靜下心來反思、整理、提問，學習就會從單純的知識接收轉變為深層的理解與內化，使學習者留下長遠的影響。所以如果能掌握教學中動與靜的平衡，就可以讓引導技巧成為學習的催化劑。

《昇陽老師有話說》

本篇的價值，來自於你親自動手實踐的體驗！你不需要死守每個段落的內容說明，反而應該大膽調整、靈活運用，甚至混搭創新。挑幾個讓你躍躍欲試的概念去實踐，試試不同的點子，玩出新花樣。然後，先把書擱在一旁，等靈感枯竭的時候，再翻開本篇，為自己注入新鮮的啟發！接下來，我將一步步帶領你如何透過引導與反思技巧，設計高效且吸引人的課程，讓我們一起來試試看吧！

適合對象

- 教育工作者
- 助人工作者
- 企業主管
- 社團幹部
- 培訓講師

① 引導反思的基本概念

引導反思的重要性

想像一下，你剛參加了一場充滿挑戰的活動，剛結束時，你可能只覺得「好玩！」、「好累！」，但如果有人問你：「這次活動中，你學到了什麼？」你的腦袋可能瞬間當機。這就是為什麼引導反思這麼重要！

在教學過程中，引導反思不只是回顧發生了什麼，而是一場腦力探險，帶領你拆解經驗、提煉洞見，甚至發現連自己都沒注意到的學習收穫！透過巧妙的提問、創意的活動設計，引導者就像一位探險嚮導，幫助學習者從「玩」中找到關鍵點，把經驗轉化成有價值的知識和技能。

美國教育大師約翰．杜威（John Dewey）曾提出「經驗＋反思＝學習」。杜威強調，真正的學習不僅僅是把知識裝進腦袋，而是一個動態且持續的成長過程。當你把實際經驗和深度反思結合起來，就能開始促進個人的成長與發展。

引導反思理論基礎

體驗教育的精髓在於「做中學」，但光有經驗還不夠，如何從經驗中提煉出知識，更是關鍵！這就是為什麼引導反思在體驗學習中占據了如此重要的位置。要讓學習者不只是「經歷」，而是真正「學到」，我們可以透過以下經典的學習理論，幫助我們將體驗轉化為有意義的成長。

●經驗學習圈（Kolb's Experiential Learning Cycle）

美國學者 David Kolb 提出的經驗學習圈（Experiential Learning Cycle）是體驗教育的重要核心理論之一。Kolb 認為，一個完整的學習過程應該包含四個階段，每個階段都環環相扣，讓學習者從「體驗」走向「成長」，相關說明請參考（圖一）。

一、具體經驗（Concrete Experience）：參與者親身參與活動，獲得第一手體驗。
二、反思觀察（Reflective Observation）：回顧剛剛的經歷，思考在過程中的感受、行動及結果。
三、抽象概念化（Abstract Conceptualization）：從經驗中萃取概念，形成新的理解或學習理論。
四、主動實驗（Active Experimentation）：將新的想法或概念應用到未來的情境，看看效果如何。

◆ 舉個例子來說

想像你參加了一場戶外團隊挑戰賽，過程中你的團隊遇到了一些挑戰和難題，最後才終於成功。當下你可能只覺得「太辛苦了！有夠累人！」，但如果有個引導者問：「剛剛這場挑戰中，哪個時刻讓你印象最深刻？有甚麼特別的原因嗎？」這樣的提問就能幫助你把體驗深化，從中萃取出關鍵的學習點。

② 引導反思的好處

引導反思在體驗教育中就像一把解鎖深度學習的鑰匙，可以幫助學習者回顧經驗、內化知識，進一步提升自我認知、創造力，甚至鍛鍊出更強的問題解決能力。

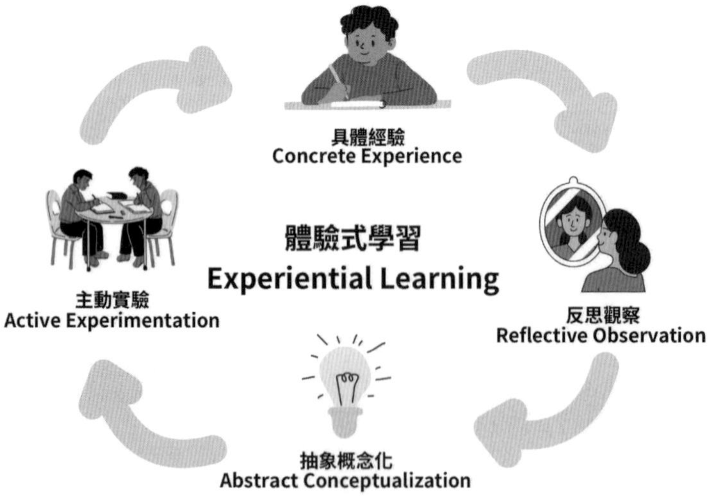

圖一：經驗學習圈

加深理解：提升自我認知

引導反思的魔力在於，它能將知識從書本上的冰冷字句，轉化為腦海中鮮活的畫面，與個人的生命經驗緊密交織。透過反思，可以讓知識更有效率的吸收，進而成為你生活中的一部分。

◆ 舉個例子來說：戶外活動的反思時刻

在一次的跨越高牆的活動中，我希望學員能在過程中了解自己的極限與團隊合作重要性。活動結束後，我帶領學生進行反思討論：「活動中，最具挑戰的部分是什麼？」「如何克服困難？」「如果再來一次，會怎麼做？」透過這些問題幫助學員思考自己的耐力、團隊合作方式，甚至發現自己原來擁有更多潛能。

自我探索：開啟內在 GPS，找到真正的自己

引導反思可以讓我們停下腳步，好好看看自己的優勢在哪裡、還有哪些盲點、甚至是那些一直被忽略但其實深藏心底的渴望。它也能幫助我們跳脫原本的思維框架，用更廣闊的視野去看待每件事情，理解不同立場，找到更具創意與包容性的解決方案。

◆ **舉個例子來說：社團幹部的衝突時刻**

在某大學學生會幹部在籌備活動時，內部發生嚴重分歧。一派認為活動應該以「有趣好玩」為主，另一派堅持活動應該具有「教育意義」。雙方僵持不下，導致團隊氣氛緊張，無法順利進行討論環節。

這時我帶領學員進行「換位思考的活動」。要求雙方輪流站在對方立場進行辯護，嘗試說服自己為對方的觀點辯護：支持「有趣」的一派，試著說明「教育意義」的優點；支持「教育」的一派，則試著說明「活動要有趣」的重要性。在反思過程中，幹部們發現，活動並不是只能「純娛樂」或「純教育」，其實可以透過設計巧思，將兩者結合達到更好的效益。

③ 引導反思的方法

你有沒有遇過這樣的情況？學習活動結束了，大家開心散場，但沒過幾天，內容就被拋到九霄雲外？ 這不是你的錯，而是因為我們的大腦通常偏愛輕鬆玩樂，卻不一定會主動停下來深入思考。這就像在沙灘上堆城堡，玩得開心但下一波浪潮來就全被沖散了！這時候，「引導反思」就是你的防波堤，能牢牢穩住那些珍貴的學習瞬間，把稍縱即逝的靈感與體驗固定下來，轉化成有價值的收穫。引導反思的方式有許多種，關鍵在於根據不同情境與學習目標選擇最適合的方法。以下介紹兩種常見的引導反思技巧，並透過具體案例讓你快速掌握如何運用，相關說明請參考（圖二）和（圖三）。

3W 引導反思法

〈What ？（**發生了什麼？**）——**觀察與回顧階段**〉

描述事件或活動的具體內容，確保所有人都能清楚回顧經驗。

- 舉例：「在這次活動中，你做了什麼？你遇到了哪些挑戰？聽到了什麼？看到了什麼？」

〈So What ？（**所以你學到了什麼？**）——**深度思考與意義探索**。〉

分析這段經驗對自己的影響，找出學習到的關鍵點。

- 舉例：「你從這次活動中學到了什麼？哪個部分對你來說最有意義？」

〈Now What ？（**你現在要如何改變？**）——**實踐與應用階段**〉

思考如何將這次經驗應用到未來，讓學習真正落地。

- 舉例：「這次的學習對你的未來有什麼幫助？你會如何改變你的行動或態度？」

◆ **舉個例子來說**

一群學員完成了高空繩索體驗後，帶領者運用 3W 問句進行引導反思：

What ？學員分享他們在活動中的感受，回顧挑戰與合作過程。

So What ？討論團隊合作的重要性，以及克服恐懼帶來的成就感。

Now What ？學員思考如何在日常生活中運用這次的體驗，例如勇敢嘗試新事物或在團隊中更主動發言。

4F 引導反思法

一、Fact（事實）：你發現了什麼？

這是關於「客觀回顧」——不帶批判地整理剛剛發生的事情！

我們的大腦喜歡「過濾記憶」，但學習不能靠模糊印象來運作！所以，第一步就是**理性回顧**，幫助學習者釐清：「剛剛到底發生了什麼？」

what?
是什麼？
怎麼了？
發生什麼事？
為什麼？
所以呢？
所以你學到了什麼 ？
怎麼做？
然後呢？
然後你現在要如何改變？

圖二：3W 引導反思法

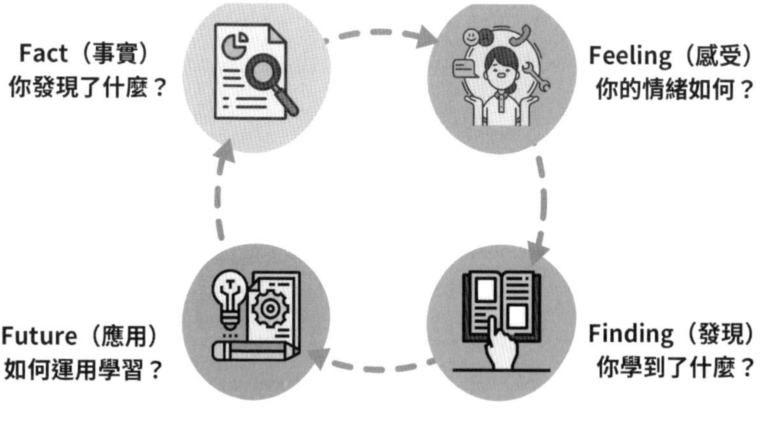
Fact（事實）
你發現了什麼？
Feeling（感受）
你的情緒如何？
Finding（發現）
你學到了什麼？
Future（應用）
如何運用學習？

圖三：4F 引導反思法

→ 好問題可以試試這樣問

「剛剛的活動裡，你做了什麼？」（回顧行為）

「哪一個環節讓你印象最深刻？為什麼？」（回顧亮點）

◆ 範例場景

在一次團隊合作遊戲中，有學員發現自己習慣「搶著做」，也有人發現自己默默站在旁邊等指令。這些都是值得記錄的事實，因為它們揭示了行為模式，而行為模式就是改變的起點！

二、Feeling（**感受**）：**你的情緒如何**？

這一階段關鍵字：覺察、自我對話、情緒管理

情緒是影響學習動機的關鍵，但很多人會忽略這個部分，導致學習過程變成一場不帶感覺的操作。

→ 好問題可以試試這樣問

「剛剛的活動，你的感受如何？」（開放式探索）

「有沒有哪個瞬間讓你特別興奮、挫折或沮喪？」（針對特定經驗）

→ 範例場景

有一次，在盲畫自畫像的活動後，有位學員說：「我以為我會覺得尷尬，但其實我覺得很輕鬆，因為大家都畫得一樣搞笑！」這種超出預期的情緒反應，就是反思的黃金素材！

三、Finding（**發現**）：**你學到了什麼？**

這個階段是學習的「高光時刻」，幫助學員把體驗轉化成可應用的知識！

學習是否可以從「發生」到「留下」？這個轉變就是讓學習者主動總結、找出學習價值，並與自身經驗產生連結。

→ 好問題可以試試這樣問

「如果要用一句話總結你的學習，它會是什麼？」（精煉學習）

「這次活動和你的日常生活或工作有什麼相似之處？」（建立關聯）

→ 範例場景

在一場合作遊戲後，有學員說：「我發現自己很怕犯錯，所以一直等別人先做，這讓我想到職場上，我好像也是這樣。」這種「學習—生活連結」，就是改變的開端！

四、Future（應用）：你可以如何運用這個學習？

學習的價值，不在於今天懂了，而在於未來能怎麼用！

如果學習不能影響未來，那就只是一次「有趣的經歷」，但如果能讓學習者思考「下一步」，那它就變成了一次「行動的開始」。

→ 好問題可以試試這樣問

「如果未來再遇到類似的情境，你會用什麼不同的方式去應對？」（行動計畫）

「你覺得這個學習可以如何影響你的團隊或組織？」（擴大影響力）

→ 範例場景

有一次，在課程回顧的反思活動後，一位學員分享：「我發現自己其實不太習慣分享，但今天的活動讓我覺得分享並不難，所以我決定下次會主動和團隊聊聊我的想法。」這就是學習的行動化。

④ 動態的引導技巧：讓學習更有趣、更有效！

不同於傳統的單向講授，動態引導強調參與者的主動性，讓學員們在體驗中發現問題、解決問題，並透過反思深化學習成果。這種方式不僅能提升專注度，還能讓學習變得更有意義、更難忘！ 透過動態的活動讓學習從「做中學」開始。當學員親身參與活動，並透過引導者的巧妙設計來回顧與討論，學習者就開始能真正內化經驗，將其轉化為可應用的知識與技能。接下來，我們將列出兩個實用的動態活動作為範例，幫助你有更多靈感設計更有互動式的學習體驗。

案例一—《你的背包》：用象徵物品建立自我認識與人際連結

一、運用的動態引導技巧

- **角色扮演**：物品代表個人特色，幫助學員透過隱喻表達自己。
- **故事分享**：透過個人物品講述自己的故事，加深情感連結。
- **團隊挑戰**：逐步拓展人際圈，讓學員與更多人交流。

二、如何操作？（簡短步驟）

- **挑選物品**：學員從自己的背包、口袋或隨身物品中，挑選一個最能代表自己的東西。
- **一對一分享**：與身旁的夥伴介紹自己，解釋選擇這個物品的理由。
- **擴大交流**：與不同夥伴交流，彼此補充物品的象徵意義，如：「行動電源代表我充滿活力，也象徵我樂於分享與支援！」
- **小組討論**：組成四～六人小組，輪流分享選擇物品的原因，最後將所有物品擺在中央回顧這次體驗。

三、活動使用時機

- **企業培訓**：在團隊建立課程中，員工透過分享背包裡的物品，讓彼此更了解個性與工作風格。例如，一位業務人員選擇手機，象徵時時刻刻保持聯繫；而工程師可能選擇筆記本，代表對細節與創意的重視。
- **課堂活動**：新生彼此不熟悉，透過背包物品的象徵意義快速建立連結。

例如，一位同學選擇耳機，表示他喜歡音樂，另一位選擇水壺，象徵他熱愛運動、喜歡挑戰與突破極限，進而發現彼此的共通點。

四、引導反思問題

- Fact（**事實**）：**你發現了什麼**？

  你選擇了哪個物品？為什麼它最能代表你？

  在這個活動中，你是否發現自己與某些夥伴有相似的選擇或象徵意義？

- Feeling（**感受**）：**你的感受如何**？

  在分享這個物品的過程中，你是自在的還是感到害羞？為什麼？

  當別人幫你的物品補充說明時，哪個描述讓你最驚喜或感動？為什麼？

- Finding（**發現**）：**你學到了什麼**？

  透過這次活動，你對自己有什麼新的發現？是否有哪個特質是你過去沒有特別留意的？

  這個活動如何幫助你更了解他人？你對夥伴的理解是否有所改變？

- Future（**應用**）：**你可以如何運用這個學習**？

  這次的體驗讓你意識到自己有哪些特質？你會如何在未來發揮這些優勢？

如果下次遇到需要認識新夥伴的場合，你會如何應用這次的經驗，讓自己更容易與他人建立連結？

案例二—《盲畫自畫像》：用藝術探索自我與社交關係

一、運用的動態引導技巧

- **視覺化學習**：透過藝術創作，讓學員直覺表達自我，避免語言侷限。
- **非語言溝通**：透過盲畫，在沒有語言的情境下表達與理解彼此。
- **角色互換**：透過畫對方來認識彼此，強化人際理解。

二、如何操作？

- **配對找夥伴**：學員兩兩一組，面對面坐下，每人拿一張白紙與一支畫筆。
- **盲畫自畫像**：規則是只能看著對方，不看紙張，在六十秒內畫出對方的容貌。
- **作品展示與分享**：畫完後，學員展示自己的畫作，並分享畫畫時的感受。

- **採訪與紀錄**：採訪對方的興趣、專長、特殊經歷後，請學員翻到紙張背面，寫下三個對方從外表看不出來的特質。

- **小組討論**：組成四～六人小組，分享畫畫與書寫過程的體驗，並討論自我與他人眼中的差異。

三、活動使用時機

- **企業團隊建立**：這項活動能幫助團隊成員理解彼此的獨特性，並透過幽默與創意打破彼此的隔閡。例如，一位同事發現大家都把他的笑容畫得特別大，這讓他意識到自己可能無形中影響團隊氛圍。
- **課堂社交活動**：在開班會或輔導團體中，這個活動能幫助學員探索自我形象與社會刻板印象的影響。例如，一位學生可能習慣被以外貌評論，但這次活動讓他發現自己其實擁有幽默與同理心等更重要的特質。

四、引導反思問題（4F 引導反思法）

- **Fact（事實）：你發現了什麼？**
  你覺得你的盲畫作品像你嗎？為什麼？
  你在畫對方時，最注意他的哪個特徵？為什麼？
- **Feeling（感受）：你的感受如何？**
  當你知道不能看紙張，只能盲畫時，你的第一個想法是什麼？你會擔心畫錯嗎？
  當別人畫出你的模樣時，你的感受如何？覺得好笑、有趣，還是有點不自在？
- **Finding（發現）：你學到了什麼？**
  這個活動如何改變你對「外在 vs. 內在價值」的看法？
  你是否因為別人對你的描述，而發現自己具有某些特質（如親切、幽默、耐心）？
- **Future（應用）：你可以如何運用這個學習？**
  經過這次的體驗你會如何用這個學習調整你看待別人的方式？
  在未來的社交場合，你會如何運用這次的經驗來提升與他人的互動？

《昇陽老師有話說》

如果你跟我一樣，小時候上課總是坐不住，一到數學課就開始東張西望，但只要體育課一到，我立刻精神百倍，那你一定能理解「動起來學」的魅力！那時候的我還不懂，原來身體的動作與學習之間有著密不可分的關係。

動態引導的最大優勢，就是它能讓學習變得有趣、有效、充滿參與感。而當學員「玩」得投入，他們的學習效率反而更高，而且記得更久。邀請你往後在設計課程時也可以加入動態引導的元素，設計一場充滿動感體驗的課程吧！

⑤ 引導的小祕訣

現在你知道了一位課程引導者的重要性，但你知道要如何成為一位好的引導者嗎？一個好的引導者，可以想像成一位優秀的導演，能讓學習者不只是觀眾，更能主動參與其中，深度體驗並內化所學。你可能已經設計了一場精彩的活動，但關鍵是，如何讓學員真正從中學習，擺脫玩過就忘的學習陷阱？別擔心！本章節將帶你掌握幾個簡單卻實用的引導策略，讓學習更有深度、互動更有趣，甚至讓學員記憶深刻，願意把所學應用在生活中。

善用「沉默」，讓學習者內化思考

你可能會想如果問完問題後，場面變得超級安靜，該怎麼辦？這時候，你可以忍住別急著開口填補空白！思考的過程中有時候需要「沉澱時間」，讓學員有機會整理自己的想法。

●小技巧

- 問完問題後，默數七～十四秒（可依情況調整），不要急著說話。這段「沉默」會讓學員知道，他們有時間思考，而不會感到壓力。
- 如果場面還是很安靜，可以嘗試換個方式提問，例如：

「這題有點抽象，我們換個方式來想，有沒有誰可以用自己的經驗來舉個例子？」

- 給學員時間書寫或討論後再分享，例如：「先花三十秒寫下你的想法，然後跟身旁的夥伴交流，再一起分享。」
- 若學員當下真的回答不出來，可以讓學員先跳過，讓學員先聽聽別人的分享後，回頭再邀請學員發言，或是用便利貼寫出 / 畫出自己的想法。

◆ **案例：**

在一次領導力培訓課程中，我問大家：「你覺得什麼是好的領導者？」現場一片安靜。於是我補充：「試著想像一位你最敬佩的領導者（也可以是漫畫或電影裡的人物），他做了哪些事情，讓你覺得他是一位好領導？」結果，學員開始熱烈討論，因為問題變得具體，可以讓學員更容易找到切入點。

讓思考變得可見，讓學習更有形

學習有時候是無形的，它發生在學員的腦海裡，而我們的工作就是幫助他們「看見自己的思考」，進一步整理、理解並運用所學。當學習變得可見，學員就能更有意識地調整策略、發現盲點、深化理解，讓知識真正落地。

●小技巧

- **用「圖畫」讓學習可視化**

讓學員畫出三格漫畫，分別代表「學習前的疑問」「學習過程的發現」「學習後的應用」，這不僅能幫助學員整理思緒，還能讓知識變得更有趣、更具象！

對於不擅長畫畫的學員，也可以讓他們用「簡單的圖示＋關鍵字」來呈現，降低門檻，同時促進視覺記憶。讓學員繪製「學習地圖」，畫出這堂課的重點概念與關聯性，取代只是用筆記條列式紀錄的摘要。

●小技巧

- **用「關鍵字」整理學習亮點**

讓學員寫下這堂課對他們最重要的三個關鍵字，並用大小、顏色、形狀來代表每個詞的影響力，最後組成一個「學習關鍵字雲」。這種方式可以讓學員更直覺地感受到課程中的重點，並透過視覺化的方式加深記憶。

●小技巧

- **用「動手組裝」將抽象概念變具體**

如果課程內容較為抽象，例如「團隊合作」或「創新思維」，可以讓學員用樂高積木、骨牌、黏土等材料來「建造」出他們對這個概念的理解，例如「如果溝通是一座橋，它會長什麼樣子？」透過動手操作，不僅能讓學習變得更有趣，還能讓學員用不同角度來詮釋知識，並與團隊進行討論與分享。

◆ 案例

在一場新創團隊共識營中，我讓學員用三格漫畫來回顧自己的學習歷程。有的學員畫出自己一開始的困惑（頭上冒問號的小人）、課程中的驚喜發現（突然亮起的燈泡），以及最後如何應用（站在舞台上分享創意）。這種方式讓學員直覺地整理自己的學習歷程，也讓他們更容易記住自己的關鍵突破點！

★加碼挑戰

如果要向一個完全沒讀過這本書的人介紹它，你會用哪一句話來總結本篇的價值？

最終挑戰：完成學習地圖，讓你的成長看得見

請在下面的空格中回顧過去的學習模式，檢視現在的改變，並設定未來的行動方向。

過去（以前我以為……）	現在（現在我發現……）	未來（未來我希望……）

《昇陽老師有話說》

這個篇章就像一個百寶箱，裡面裝滿了各種引導與反思的小祕訣。但真正的關鍵在於你要如何靈活運用這些技巧，打造專門屬於自己的教學風格。往後不管是設計課程、帶領一場互動工作坊，還是啟發一段深度對話，你的引導將決定這場學習旅程的深度與影響力。

現在，輪到你把這些想法變成行動了。願這個篇章能成為你創造深度學習的靈感起點，讓每一場活動都成為一次難忘的學習之旅，每一個學習者都能在你的引導下，發現屬於自己的高光時刻！

驚喜與實用的
文字情境創作力

● 黃麗霞

當創作力結合文字情境時，我們不僅能夠傳遞故事，更能激發共鳴，激勵他人思考與感受！並可留存自己的記憶點，這便是文字的驚喜與力量所在。

愛因斯坦：想像力比知識更重要，因為知識是有限的，而想像力概括了整個世界。

如同文字是有限的，組合是無限的！有限文字透過不同的表達模式，創造了不同的可能性。

① 文字創作力面面觀

透過有限的文字，你可以在不同場合做有效發揮運用。思考不同的可能性和情境創作，能夠創造出引人入勝的內容，易懂且令人會心一笑。

一鳴驚人的自我介紹術

戴爾・卡內基曾說：「姓名對任何人而言，都是最悅耳的聲音。」記住別人的名字，代表你重視對方！

身為業務員的鐵律「黃金服務十五秒」，其中關鍵除了微笑與親和力之外，最重要是要能很快叫出客戶的名字，可見記住名字對人際關係有多重要。

在自我介紹的方式中，能有特色介紹自己的名字，強化他人記憶，解析自己名字時，可說說名字來源是來自於父母的期望、歷史典故或是某一特別的故事等，用這種發散思維的方式將自己的名字與一些事物連結起來，能讓人更快速記住你。

一、五法忘懷介紹法

- 聯想法：聯想力就是你的超能力，最簡單的自我介紹，可利用故事，把你的姓和名串聯起來，譬如我有個朋友叫「魏欽榜」，他自我介紹時總是說：「我是魏王欽點的榜首」。
- 諧音法：「魏翠鳳」諧音「為（你）吹風」，「林佳欣」你工作認真會「加薪」。
- 陳訴法：新北市市長侯友宜競選打出「厚友誼」口號，相對營造出親民形象。
- 名人法：主持界名模「曾筠筠」——孫芸芸的曾奶奶。
- 字義法：曾慶松——真輕鬆！

二、一句話形容你自己！打響您的『價值』，讓有緣人變貴人！

- 記帳報稅找麗霞，保你稅稅平安笑哈哈。（記帳士黃麗霞）
- 教育訓練找帥華，人品財富都昇華。（保險專業講師黃國華）

歡樂節慶祝福語

- 朋友們，剛過了蛇麼都幸福年，你雀躍節慶的假期嗎？總要應景來點不一樣的歌頌。

一、幽默有創意的賀詞

〈過年頌〉

- 除夕闔家團圓聚一起、初一開心迎接新氣息、初二回娘家門笑嘻嘻。
- 初三福慧雙修祈福氣、初四祝您蛇來大吉利、初五滿載而歸蛇如意。
- 初六蛇纏富貴開工喜、初七財源滾滾蛇順利、初八發發發福祿壽喜。
- 初九九九吉祥又如意、初十十全十美蛇如意、金蛇舞春～春春春、發發發、旺旺旺。

- 咚咚鏘～咚咚鏘 錢～蛇進來了
- 金蛇來到鞭炮響、蛇來蛇往好風光、蛇你其誰名聲旺、豐衣足蛇態飛揚、蛇拿九穩好棒棒！
- 蛇燦蓮花真好樣、有蛇有得氣勢昂、出蛇入化現光芒、蛇來運轉財源廣、金蛇送財喜洋洋！

〈**吉祥話（台語版）**〉

- 善事做乎多多多，乎你金銀財寶滿布袋。
- 功德做乎春，乎你代代出好子孫。
- 感恩、感恩，乎你賺錢年年春。
- 善事做來頓，家庭事業才安穩。
- 嘴甜甜，好緣結甲滿厝邊。吃鹹鹹，做事攏沒人嫌。
- 做善事，蔭子孫，種善因，得善果，一世人無煩惱。
- 家和萬事興，人和萬事成。
- 緣要結乎深深深，看到你才會起歡喜心！
- 緣要結乎透透透，祝福你走到那位攏會到！
- 心好！嘴好！命擱好！榮華富貴長老老！祝福你一世人攏有好結果！

二、節日懷思篇

〈**三八婦女節快樂**〉

- 女人天天像朵花、心情愉悅頂呱呱、職場如意笑哈哈、家庭溫暖老公誇！
- 賢慧能幹有才華、女人當家一定發、為家辛苦到臉花、少女漸漸腰成瓜。
- 粉嫩雙手皺巴巴、溫柔性情聒噪媽、無薪無酬守著家、無怨無悔默默紮。

- 終日奔波像傻瓜、摸摸良心問阿爸、你等心中可有她、問問孩兒你知嗎。
- 叮嚀成了嘮叨媽、單身貴族也偉大、奉獻心力強國家、女人沒妳天會塌。
- 有你和諧笑哈哈、38 祝福妳不三八、祝福大家一路發、金銀財寶任妳抓。

〈**感恩的母親節**〉

- 當個快樂製造機、女人真是了不起、出廳堂進廚房裡、能屈能伸好賢妻。
- 日夜操勞不覺疲、從來不曾為自己、雖然終日嘮叨嘀、苦口婆心為了你。
- 愛屋及烏包容你、恨鐵不成鋼努力、你幸福她開心喜、闔家歡樂樂無比。
- 媽是快樂製造機、有媽者幸福洋溢、祝福天天都歡喜、佳節愉快笑嘻嘻。

〈**月圓人團圓：中秋節**〉

- 月到中秋分外明、高掛天空放光明、柚是幸福香氣盈、月餅圓圓笑盈盈。

送月餅了～

◆ 李白家的月餅

床前明月光、有餅沒包裝、舉頭望明月、低頭柚子香！

◆ 麗霞家的月餅

我這有一塊月餅、不知道與誰能共、多少滋味在其中、吃餅的人你才懂，餅外是情深義重、餅內含誠意重重、迎來送往情意濃、徒留一圈在腰中。

② 情境創作的構思篇

Why（為什麼要情境化）

創作可以提升可讀性與理解力，簡單明瞭的語言文字，讓讀者能更加深歷其境，探索窺視情境內種種，減少刻板的文字理解與障礙。

創作可以增強我們的邏輯力、整合力與說服力，有情境故事的文字力能更有力的呈現實境與情感，吸引讀者注意。

透過筆尖的書寫、用心設計的結構鋪陳，可牽動讀者的情緒，增加大家對活動的投入。

● **範例：忙中自得其樂篇**

俗話說：地閒生雜草，人閒生煩惱，人閒必生雜事，心閒必生雜念。

人一旦閒下來，就會感到十分空虛，會讓自己陷入無邊的恐慌和焦慮。

所以，絕對要保持適當的忙碌！

忙碌！你會發現，情緒少了，閒愁雜念不見了，精力充沛，生活過得很充實！

古人云：人閒是非多，百忙解乾愁。

三毛說：忙碌起來，可以治癒你的一切矯情和焦慮。

因沒時間胡思亂想！沒時間沉溺過往！沒時間鬱鬱寡歡！負面情緒自然而然就會變少了。

忙碌是一種幸福，讓我們沒時間體會痛苦；

奔波是一種快樂，讓我們真實的感受生活；

疲憊是一種享受，讓我們無暇空虛和焦慮；

讓自己忙起來，遠離閒和懶，讓生命更加豐富充實。

● **創作範例：**

心閒生雜草、人閒生煩惱、心閒雜念找、忙碌幸福到、奔波快樂繞、疲憊享受好、人生豐足傲。

What（什麼是文字結構）

文字結構指的是文字的組織和排版方式，包括段落、標題、小節的使用及其間的關係。

內容的邏輯流：書寫時涉及思路的安排，結合當下情境，連結文字與實境的連貫性與邏輯性。

以下舉典故範例做文字情境的編輯。

● **範例：五子登科的創作巧思**

我曾閱讀過《人間福報》中有關五子登科的文章，跟大家分享！

所謂「五子登科」，根據《宋史‧竇儀傳》所載，宋代的竇禹鈞有五個兒子，竇儀、竇儼、竇侃、竇偁、竇僖，五個兒子相繼及第，所以稱「五子登科」。現代人常以擁有「車子」、「房子」、「金子」、「妻子」、「兒子」，視為人生最大的福氣，稱讚幸福人生的「五子登科」！

有些年老依親移民到美國，一時無法適應新生活，可能成為電視不會看的「瞎子」，電話不會聽的「聾子」，語言不通的「啞子」，車子不會開的「跛子」，整天只待在家裡等兒女的「孝子」，就有人笑稱為現代另類的「五子登科」。

一、有字看不懂的「瞎子」

二、有音聽不會的「聾子」

三、有話說不出的「啞子」

四、有路行不得的「跛子」

五、在家等兒女的「孝子」

台灣版的「五子登科」是成功者的追求，更是一種心態和方法。

● **創作案例：**

五子登科來談起、宋代五子之傳奇、擁有車子房子比、金子妻子兒子齊、人生最大的福氣。

現代移民五子憶、不覺悲從心中起、瞎子聾子人不理、啞子跛子孝子泣、學習經驗來汲取。

追求目標有毅力、美滿人生笑嘻嘻。

How（如何運用文字情境創作）

有人問：像這般信手拈來隨時可創作的樂趣，需要飽讀詩書？需要中文系科班畢業嗎？

免！但是在這筆者必須事先聲明喔，本篇分享的文字情境創作，純屬筆者個人嗜好的「順口溜」，各位大大請千萬不要喝了波爾茶來找碴喔！先跟大家談談「藏頭詩」！

● **範例：藏頭詩的創作**

藏頭詩是一種雜詩的型式，特色是將想表達的意思藏在各句之首，字首串起來有它的涵意。藏頭詩是詩歌中特殊形式的詩體，它以每句詩的頭一個字嵌入你要表達的內容中的一字。全詩的每句中的頭一個字又組成一個完整的人名、地名、企業名、一句祝福或有意義的表達。藏頭詩，涵意深、品味高、價值重，可謂一字千金。

有三種形式：

一、首聯與中二聯六句皆言所寓之景，而不點破題意，直到結聯才點出主題。

二、將詩頭句一字暗藏於末中。

三、將所要表達的意思，分藏於各詩句之首。

我個人習慣使用第三種方式，每句的第一個字連起來讀，可以傳達自己某種特有的用意。

藏頭詩這種古老而富有趣味的文學形式，不僅能夠展現寫作者的才華，還能深刻反映出團隊的共同理念與價值觀、也可引喻一些想表達卻又難以啟齒的狀況！非常的有趣、實用。

藏頭詩的魅力在於它的巧妙與深意，不管是用在自我介紹、課程的宣傳、活動邀約、生日祝福、婚禮祝福、行銷等，運用創意來打破傳統，賦予各項活動新的生命力與活力。

網路上可搜尋到藏頭詩產生器，可是如果是你自己可以撰寫，會更有溫度，更能感動人心！

將藏頭詩運用到各式情境，不僅能增加趣味性，更能提升互動感，讓參與者在共享歡樂的同時，體會到詩詞所帶來的震撼，呈現出詩詞的優美，簡潔有力，讓人更有印象。

創作範例：

自我介紹	會計師兒子結婚祝賀
【麗】質後生的麗霞 【霞】心努力認真爬 【與】有榮焉共啟發 【你】我有緣心開花 【共】同成長笑哈哈 【成】就願望來開發 【長】期耕耘愛心趴 【讚】聲連連你我他	【綱】廷英俊少年郎 【廷】是會計師好樣 【雅】茹溫柔美嬌娘 【茹】意郎君牽手航 【百】年修得共同床 【年】年富貴又吉祥 【好】好生個俊俏郎 【合】作無間樂心房 【讚】聲齊揚幸福徜
華盟 - 創會長生日頌	**課程宣傳招生**
【淡】生創會長好棒 【生】來為人服務忙 【創】立華盟響叮噹 【會】務昌隆名聲響 【長】期激勵人心旺 【生】日快樂身安康 【日】日開心事吉祥 【快】意人生態飛揚 【樂】在華盟公益航 【頌】讚人生喜洋洋	【竹】松社大響叮噹 【松】林叢中學習旺 【社】大助你優成長 【大】大你來不一樣 【口】語表達學習夯 【語】言能力來加強 【班】級氛圍貴人幫 【歡】迎你來共徜徉 【迎】接自信態飛揚 【你】來肯定有成長

中華華人講師聯盟	中華健言社交接典禮
【中】華講師聯盟棒	〔中〕華健言交接棒
【華】語世界表達強	〔華〕語世界學習夯
【華】語傳承個個棒	〔健〕言社中超能量
【人】人都是翹楚樣	〔言〕之有物真好樣
【講】者風範態飛揚	〔社〕裡菁英個個強
【師】者解惑正能量	〔紀〕光會長來交棒
【聯】合眾師的力量	〔光〕亮閃耀態飛揚
【盟】主佰鴻領導強	〔淑〕雲會長亮登場
【謝】謝你來支持旺	〔雲〕想讓咱學習旺
【謝】恩大家協力幫	〔交〕接大家來捧場
【你】等讓我不一樣	〔接〕受眾賓掌聲響
	〔圓〕滿交棒氣勢旺
	〔滿〕滿祝福聲聲響
	〔成〕事在人中華強
	〔功〕勳讚賞喜洋洋

竹松社大 - 學生作品	
鈞哥 - 處女秀 今晚上課最舒涼 個個同學上講堂 老師帶領做榜樣 以掌代指耳迴響 手指握姿自信強 生活禮儀更高尚 同學個個是強棒 唯我獨行不相讓 時間掌控待加強 懇請各位幫幫忙 不要當面對我嗆 私下討論好商量 **雅惠揮灑篇** 同學個個是強棒 學習能力更是強 經歷豐富有專長 共同學習智慧長 有緣相聚心飛揚	**川哥自我介紹** 《勝》敗乃兵家常事 《川》向東流常省思 《與》人分享不藏私 《你》我上課同教室 《共》同學習增知識 《成》就非凡不矯飾 《長》長久久不仗勢 《讚》賞有加常吟詩 **曾淑鈴** 中秋佳節慶團圓 秋高氣爽展笑顏 節慶月餅圓又甜 快樂景象滿庭園 樂在其中話當年

③ 文字情境創作大解密

以「情境」和「創意」為主軸，文字情境式的表達，可用來記錄課程筆記、活動花絮等等，簡單明瞭、易懂、聚焦。

可發揮很棒的文案構思、活動或課程宣傳、課程重點紀錄、評審評論等。並可激發你的想像力、整合力、創意思考及觀察力。

藉由短句的練習、心情抒發、成語運用、創意思考，流暢的完成即性創作！從發想開始，點出重點，想像情境。接著充實相關詞彙、運用成語和佳言美句，循序漸進，一氣呵成。

以我個人的經驗，不管是學習 ESG 專業課程、高齡金融規劃顧問師培訓、信託監察人培訓、教育部總輔導團增能課程、老人聯盟爺奶說故事、壯世代文教協會的從前從前人生白皮書、學校、軍營、社區、監獄等的反毒反暴力宣導、獅子會、同濟會、扶輪社、紳士協會、社區大學等的教育訓練，或擔任演講比賽的評審、主持活動等等，皆可運用。

我常運用文字創作方式，做課程總整理，以加深大家的印象！久而久之，擁有「才女」美譽！

各位朋友，有沒有覺得說時容易、做時難呢！又常感到書到用時方恨少——詞窮啊！俗語說：江湖一點訣，講破毋價值喔。先來談談四句聯的特性。

四句聯：四句相聯

通常是第一、二、四句句尾押韻，有時四句句尾都押韻，每句字數有七個字、五個字。

意思：直接表達！讓人一聽就懂！入耳舒服！四句聯的特性有好玩、祝福、感謝、喜慶、吉利、捉弄人的作用。

絕句表情意

句數：每首四句。

種類：五言絕句（每句五字）、七言絕句（每句七字）。

特色:第一句隨意、第二、四句一定要押韻、第三句不押韻。

大家耳熟能詳的「七言絕句」：

〈送孟浩然之廣陵〉李白

故人西辭黃鶴樓，煙花三月下揚州。

孤帆遠影碧空盡，惟見長江天際流。

〈楓橋夜泊〉張繼

月落烏啼霜滿天，江楓漁火對愁眠。

姑蘇城外寒山寺，夜半鐘聲到客船。

〈靜夜思〉李白（唐・五言絕句）

床前明月光，疑是地上霜。舉頭望明月，低頭思故鄉。

眼尖的朋友有沒有發現，一、二、四句句尾押韻，第三句沒押韻喔！

順口溜的創作

筆者擅長創作「順口溜」，它的重點：押韻、情境化、關鍵字、鬥句、轉韻。創作時沒有局限一定要「四句」，隨心所欲！但是有幾個關鍵點必須具備：

- 書寫時每句七字或每句五字！
- 句尾一定要押韻（我會一路押韻到底，真的詞窮才會轉韻）。
- 因為是重點摘錄，所以一定要運用關鍵字的技巧，才能畫龍點睛、簡潔有力。
- 思索呈現當下的情境。

ㄤ：強棒堂嚐航行想響洋揚長場徜敞
　　徬徨讓賞藏光茫芒盲昌榜綁行香
ㄧ：比意義易益藝億異伊揖依怡誼儀
　　疑嘻你翼毅逸溢繹第擬起啟億喜
ㄢ：讚綿瞻站擔丹耽單乾甘年錢泔完
　　連餐燦爛璨萬玩莞娟晚婉丸玩贊
ㄥ：情晴傾擎慶清青輕卿請頃亨通中
　　痛弄儂勇猛種隆龍籠朧攏翁松鬆

先找出韻腳：

ㄚ：挖霸怕哇法塔撒灑傻拔爬茶娃蛙
　　刮誇抓刷窪發拉哈差渣納瞎壓霞
ㄟ：飛卑悲危違圍粹偉尾毀悔微魁軌
　　退味衛最隨醉歲慧惠遂罪貴饋慰
ㄞ：來財埋拜泰態災猜愛買派耐凱懷
　　海敗彩嗨睞賴賽礙菜擺排材開踩
ㄝ：決訣學穴階歇別疊節傑結潔月樂
　　悅嶽業夜耶謝頁烈躍界野諧邪跌

以上是我比較常用的韻腳，因為四句聯的特色就是字尾要押韻才能朗朗上口，所以字尾一定要找出相同的韻腳運用，如此創作出來的文章才會讓人餘韻猶存！我慣用【ㄤ、ㄧ】，因為比較多常用字好押韻，只要抓住要領、取用關鍵字想像當下情境，一路給它押到底就對了！

剛開始創作時，可以先試試短篇的，先從自我介紹、生日快樂頌、節日紀念等。只要上過我創作課程的學員，短短兩個小時，一定會簡單的創作，有些比較認真的學員，還青出於藍，勝於藍呢！有狀元徒弟，可不一定有狀元師傅喔！親愛的朋友們，加油！

④ 文字情境創作案例分享

華人企業永續聯盟ESG	**華人講師聯盟講師訓**	**同濟會新會員講習**	**教育部自主團體**
ESG 理管證照研習	華人講師聯盟讚	國際社團了不起	高齡自主來學習
Peter 華人企業辦理	專業講師培訓班	同濟家人有活力	麗霞帶領人發起
研習報告費腦力	用心理事長開辦	新會員講習知悉	活躍老化不遲疑
齊為環保盡心力	要你增能技藝展	中 A 志彬優主席	後青春繪本意義
E 淨零碳排的議題	打造文案力首談	長鳴教育長賣力	勾起你美好回憶
S 社會人權相關提	緯筌老師侃侃談	邀約麗霞來講起	熱情開課在今夕
G 公司永續來治理	寫作困擾問端詳	快樂同濟人是你	有緣學員聚一起
協助周處三害離	瓶頸大家都相仿	攜手快樂做公益	學習需要有毅力
永續報告揭露啟	巧婦無米難炊茫	常保四現來學習	初一十五莫忘記
第三方查證確矣	金字塔態樣分享	廣結善緣哈哇夷	輕鬆有趣很療癒
具備相當可信力	長短文案自己想	資源整合我和你	開心轉移注意力
永續長統籌管理	觀察靈感素材幫	同濟之神眷顧您	結合手作多元起
各部門齊心奮起	邏輯架構按序航	學習成長又公益	遊戲吟唱加戲劇
企業各部門洞悉	破題結尾有主張	同濟同濟我愛你	壯出你的潛在力
永續經營沒問題	主標搭副標影響	開心快樂笑嘻嘻	壯出你的超魅力
員工工作有效益	5W1H 你得想想		不管你是花甲依
善盡責任有意義	寫作技能可培養	**新竹縣營區 反毒宣導**	不管你 70 古來稀
淨零碳排齊努力	按步就班一定強		通通開心沒問題
	體驗動態找昇陽	英勇國軍志氣高	保持心情開心喜
	心情溫度計測量	保家衛國個個寶	笑看人生才得意
	閉眼計時秒數徜	長官教導記得牢	高齡自主優團體
	擁抱失敗笑聲長	同袍學習情誼好	活躍老化我和你

	即興劇場躺平爽 默契十足個個棒 教學手法運用航 溝通表達技巧夯 三種提問助你往 四面向引導思量 教學手法即時幫 魅力講師課滿堂 前途似錦喜洋洋	三不口訣記牢牢 不酒不毒不亂跑 不被誘惑來干擾 維護官兵身心好 確保部隊純淨繞 國軍英勇值驕傲 竹縣毒防關懷到 有困擾電話報報 **0800-770-885** 守護著你牢牢牢	

紳士協會： 藏頭詩輕鬆學	新北鶯歌圖書館 在地之聲台語推廣	三峽健言社： 河洛話說出魅力	老人聯盟： 爺奶說故事
疫情趨緩漸解放	新北圖書館好棒	河洛話嫷在叨位	蠟筆哥哥～來了！
開心桃園紳士航	在地聲台語推廣	且聽俠女來講起	老盟長者提福利
昆彬會長掌舵棒	台語活動旺旺旺	台語趣味笑咪咪	聯盟老人優團體
邀約麗霞吟詩講	大姐粉絲群讚賞	逐家聽甲真歡喜	第三人生巧設計
藏頭詩輕鬆學夯	帶著金孫來捧場	聲韻親像唸歌詩	爺奶說故事辦理
開場四句聯飛揚	做伙來唱歌超狂	祝福萬事攏順利	打造健康快樂地
說四句討喜好樣	唱歌乎你精神爽	懷念細漢的歌詩	推廣代間之教育
心適祝福迎吉祥	甲你拍手額樂棒	囝仔驚著無代誌	蠟筆哥哥帶動起
好口才好人才旺	開心腦內啡奔放	土地公伯會保庇	剪刀石頭布喊起
絕句聊表情意長	十二生肖學跳唱	保庇大漢會順適	說的動聽有創意
1.2.4 句壓韻不慌	懷念童謠心花放	看到你就真歡喜	感官視覺了不起
朗朗上口你最強	水調歌頭來吟唱	祝你平安過日子	音效疊字撞聲比
俠女順口溜飛揚	靜思夜裡細思量	初一早初二早起	代間教育的議題
押韻情境關鍵往	西北雨天黑黑航	初三睏甲飽吱吱	趣味共讀玩遊戲
抓住要領人人強	猴跟狗跳過溝慌	正月正請子婿入大廳	藝術連貫來設計
有學有用不徬徨	火金姑來吃茶夯	十二月穿新衫通過年	發聲小訣竅注意
紳情樂活常青棒	白鷺鷥撿到錢爽	新年坐乎圓圓圓	角色扮演聲有異
手牽手心連心航	點仔膠粘到腳茫	平安幸福大趁錢	適度配合用道具
盡本份助人群旺	粉紅超跑旺上場	做人觀念若有改	手工剪紙沒問題
紳士家人喜洋洋	喜慶好話一鑼筐	免魯米奶你來駛	用七巧板也可以
	存好心說好話旺	個性觀念若無改	提升高齡演繹力
	榮華富貴又吉祥	一世人騎偶多拜	快樂學習笑嘻嘻

台語演講比賽評審	新竹縣—旅遊工會	功夫若是學一半	
中華台語金口獎	深入人心來說話	驚會死甲足歹看	
37 位菁英輪番上	旅遊工會笑哈哈	逐工大笑三大回	
阿母的手路菜講	小辣椒姐姐像媽	卡贏吃人蔘高麗	
菜色配料說端詳	邀約麗霞技巧挖	好笑神你得人疼	
挑菜刀工聲聲揚	逢人減歲物加價	得人疼卡贏自己	
色香味現場飄香	熟悉男人講啥話	憨憨啊拚～	
香廣廣廣廣香棒	女人說啥心開花		
精神傳承不能忘	服務衝拖泡送達		
滋味難忘在心房	導遊你得花槍耍		
每每回憶心激盪	十八般武藝齊發		
會眾境隨你意航	察眼觀色嘴會誇		
台語演講聲韻幫	說入人心頂呱呱		
俚語俗語來助航	領導客戶處處趴		
高手如雲好棒棒	旅遊觀光要找他		
中華兒女個個強	生意興隆笑哈哈		
有學有用喜洋洋	雲遊四海你我他		

結語：讓文字情境創作力激發你的潛在力

凱瑟琳．曼斯菲爾德：當我們運用文字情境創作時，就像開啟了一扇通往無窮可能的窗，讓驚喜一幕一幕不斷的呈現！

文字情境創作的魅力，即使事隔多年後看到當時的創作，就會還原到現場，當下活動種種，像跑馬燈般隨著文字的瀏覽，歷歷浮現在腦海中，增添你人生很多美好回憶！

你我在學習任何事務中，有用就有用！思緒、靈感會如潮水般泉湧而來，創造無限驚喜與增加記憶點，每一個情境都是一個新的世界，等待著我們用心去描繪。

巴爾扎克說：「小說家的使命在於捕捉生活的真實與幻影，在鋪陳無數細節的同時，引導讀者進入一個既熟悉又陌生的領域。」

當創作力結合文字情境時，我們不僅能夠傳遞故事，更能激發共鳴，激勵他人思考與感受！並可留存自己的記憶點，這便是文字的驚喜與力量所在。且讓我們勇敢書寫，無畏探索，因為每一次創作都是一場奇妙的冒險，充滿無限可能。

相信自己的直覺，放膽表達，讓心靈的聲音突破文字的界限，創造出屬於自己人生的精彩故事。

舞台魅力：舞台上的吸心大法、舞台下的易筋經

● 俞冠鳳

舞台魅力，不是天生的，而是通過長期的學習、練習和實踐逐步形成的。舞台魅力的最高境界，是成為舞台上的發光體，不僅自己發光，還能夠照亮他人。這需要我們有真實的內容、真誠的態度、真切的情感和真正的連結。

舞台魅力的定義

舞台魅力，是一種能夠吸引觀眾目光、牽動觀眾心弦的特質。它不僅僅是外在的光鮮亮麗，更是內在的專業素養和靈性能量的外顯。當一個人站在舞台上，能夠讓全場觀眾屏息凝神、專注聆聽，甚至在演說結束後仍然回味無窮，這就是舞台魅力的展現。

正如古語所說：「台上一分鐘，台下十年功」。舞台魅力不是天生的，而是經過長期的積累和練習才能形成的。它需要我們在舞台下進行「易筋經」般的修煉，在舞台上展現「吸心大法」般的魅力。

作為一個在舞台上有著二十多年經驗的演講者、主持人和講師，我深深體會到舞台魅力的重要性。從致理科技大學滔滔社的辯論訓練，到國泰人壽的業務培訓，再到獅子會的公益活動和中華華人講師聯盟的專業分享，每一次站上舞台，都是一次展現魅力、傳遞價值的機會。

在這篇文章中，我將分享我多年來在舞台上的心得和經驗，希望能夠幫助你在不同的舞台角色中展現獨特的魅力，成為一個有影響力、有感染力的舞台人物。

① 舞台上的吸心大法

舞台上的吸心大法，是指在舞台上如何吸引觀眾的注意力，牽動觀眾的心弦，讓觀眾願意跟隨你的思路，接受你的觀點，甚至被你的情感所感染。不同的舞台角色，需要不同的吸心大法。以下，我將根據不同的舞台身分，分享各自的致勝心法。

典禮司儀：儀式感的營造者

典禮司儀是一場典禮的靈魂，負責引導整個典禮的進行，營造莊重而又溫馨的氛圍。作為典禮司儀，我總結了以下幾點致勝心法：

一、**清晰的流程掌控**：典禮司儀必須對整個典禮的流程瞭如指掌，知道每一個環節的順序和時間安排。在致理科技大學校慶大型校友會午宴中，我會提前與主辦方確認流程，了解每一個環節的細節，包括貴賓的到場順序、致詞順序、表演節目的安排等。這樣，在典禮進行中，我能夠從容不迫地引導每一個環節，確保典禮的順利進行。

二、**得體的語言表達**：典禮司儀的語言應該莊重而不失親切，正式而不失溫暖。在致理科大誠信館啟用典禮中，我會使用正式的語言介紹典禮的背景和意義，同時也會適當地加入一些溫暖的語言，讓整個典禮既莊重又親切。例如：「今天，我們相聚在這裡，共同見證誠信館的啟用。這不僅是一座建築的落成，更是致理精神的傳承和發揚。」

三、**情感的適度投入**：典禮司儀需要在適當的時候投入情感，讓典禮更有溫度。在獅子會的授證典禮中，當介紹每一位獅友的貢獻時，我會適當地表達敬意和感謝，讓典禮更有人情味。例如：「接下來，讓我們以熱烈的掌聲，歡迎專區主席上台致詞。他在過去的一年中，帶領專區的各個分會，完成了多項有意義的公益活動，為社會帶來了溫暖和希望。」

四、**儀式感的營造**：典禮司儀需要通過語言、動作和表情，營造典禮的儀式感。在授證典禮中，我會用莊重的語氣宣布典禮的開始，同時配合手勢和表情，讓典禮從一開始就充滿儀式感。例如:「獅子會OO捐贈典禮，典禮正式開始！」

五、**應變能力的展現**：典禮中難免會有突發情況，典禮司儀需要有良好的應變能力。在一次典禮中，一位重要的貴賓因為交通問題遲到了。我迅速調整了流程，先進行其他環節，同時用幽默的方式解釋情況，避免了尷尬的場面。當貴賓到達後，我又自然地將他引入典禮中，使整個典禮仍然順利進行。

典禮司儀的舞台魅力，在於能夠讓一場典禮既莊重又溫馨，既有儀式感又有人情味。通過清晰的流程掌控、得體的語言表達、情感的適度投入、儀式感的營造和良好的應變能力，典禮司儀可以成為一場典禮的靈魂，讓典禮更加圓滿和成功。

晚會主持：氛圍的引導者

晚會主持人是一場晚會的靈魂，負責引導晚會的氛圍，讓參與者感到愉快和興奮。作為晚會主持人，我總結了以下幾點致勝心法：

一、**了解晚會的主題和風格**：晚會主持人需要深入了解晚會的主題和風格，以便能夠契合晚會的氛圍。在今年擔任第十二分區第一次分區顧問會議的獅子之夜晚會主持人時，我了解到晚會的風格定調為「如同金馬獎頒獎典禮的晚會」。因此，我特地採購了類似金馬獎主持人紅地毯的明星服裝——黑色深V的禮服，為晚會營造出星光熠熠的氛圍。

二、**創造亮點和驚喜**：晚會主持人需要能夠創造亮點和驚喜，讓晚會更加精彩。在獅子之夜晚會一開始，我選擇了「一代女皇」作為背景音樂，大方地從門口走紅地毯進場，迅速點燃了晚會的高潮。這種出人意料的開場方式，立即吸引了所有人的注意力，為晚會奠定了熱烈的基調。

三、**互動和連結**：晚會主持人需要能夠與參與者互動，建立連結。在晚會中，我會主動與參與者互動，邀請他們參與到晚會的活動中來。例如，在獅子之夜晚會中，我與主席合唱「愛情限時批」，如同演唱會般的火熱深情對唱，不僅展示了我們的才藝，也拉近了與參與者的距離，讓晚會更加熱鬧和融洽。

四、**控制節奏和氛圍**：晚會主持人需要能夠控制晚會的節奏和氛圍，確保晚會既有高潮也有舒緩的時刻。在晚會中，我會根據活動的安排和參與者的反應，適時調整節奏和氛圍。例如，在一些熱鬧的表演後，我會適當地放慢節奏，讓參與者有時間休息和交流；在一些較為平靜的環節後，我又會適當地提升能量，讓晚會重新活躍起來。

五、**展現個人魅力**：晚會主持人需要能夠展現個人魅力，成為晚會的亮點之一。在晚會中，我會展現我的幽默感、才藝和親和力，讓參與者感受到我的熱情和活力。例如，在一次獅子會的晚會中，我不僅主持了晚會，還表演了一段即興的小品，贏得了參與者的掌聲和笑聲。

晚會主持人的舞台魅力，在於能夠引導晚會的氛圍，讓參與者感到愉快和興奮。通過了解晚會的主題和風格、創造亮點和驚喜、互動和連結、控制節奏和氛圍以及展現個人魅力，晚會主持人可以成為一場晚會的靈魂，讓晚會更加精彩和難忘。

演講者：思想的傳遞者

演講者是思想的傳遞者，負責將自己的觀點和經驗分享給聽眾。作為一個演講者，我總結了以下幾點致勝心法：

一、**深入理解主題**：演講者需要對自己的演講主題有深入的理解，才能夠自信地分享。在我分享九型人格的演講中，我會深入研究每一種性格類型的特點和表現，了解不同類型之間的互動和關係，以便能夠準確地描述和分析。這種深入的理解，使我能夠自信地回答聽眾的問題，也使我的演講更有說服力。

二、**結合實際案例**：演講者需要能夠將抽象的概念與實際的案例結合起來，使聽眾更容易理解和接受。在我的九型人格演講中，我會結合親密關係、銷售對象或親子教養等實際案例，說明不同性格類型的特點和互動方式。例如，我會分享一個真實的案例：一位一號完美型的媽媽，如何通過理解和尊重自己七號活潑型的孩子的特點，改善了親子關係。這種結合實際案例的方式，使抽象的概念變得具體和生動，更容易被聽眾接受和理解。

三、**情境式演示**：演講者需要能夠通過情境式的演示，使聽眾更直觀地理解和感受。在我的九型人格演講中，我會通過情境式的演示，展示不同性格類型的特點和互動方式。例如，我會模仿一個二號助人型的人如何與一個九號和平型的人互動，通過誇張的表情和動作，生動地展示他們之間的溝通方式和可能的衝突點。這種情境式的演示，不僅使演講更加生動和有趣，也使聽眾更直觀地理解和感受不同性格類型的特點。

四、互動和參與：演講者需要能夠與聽眾互動，讓聽眾參與到演講中。在我的九型人格演講，我會設計一些互動環節，例如，我會邀請聽眾分享自己的性格類型和經歷，或者進行一些簡單的測試，幫助聽眾了解自己的性格類型。這種互動和參與，不僅使演講更加生動和有趣，也使聽眾更加投入和專注。

五、情感的投入：演講者需要投入情感，使演講更有感染力。在我的九型人格演講，我投入自己的情感，分享自己的經歷和感受，使聽眾更容易產生共鳴。例如，我會分享自己作為副型一對一情慾型的人，如何透過九型人格自我醒覺和修正，進而成功經營一段相互依賴且幸福快樂的親密關係；透過理解和接納自己的特點，拉近了與家人和同事的關係。

演講者的舞台魅力，在於能夠清晰、生動、有感染力地傳遞思想和觀點。通過深入理解主題、結合實際案例、情境式演示、互動和參與以及情感的投入，演講者可以成為思想的有效傳遞者，讓聽眾不僅理解了內容，還被內容所感染和啟發。

講師：知識的傳授者

講師是知識的傳授者，負責將專業知識和技能傳授給學員。作為一個講師，我總結了以下幾點致勝心法：

一、**系統化的知識框架**：講師需要能夠建立系統化的知識框架，使學員能夠清晰地理解知識的結構和關聯，更容易吸收和應用。例如在我擔任 POV 願景心理學的幸福一〇一引導人時，我會依循 POV 三角型的知識框架，說明願景心理學的基本理念、核心概念、實踐方法和應用案例等。

二、**循序漸進的教學方法**：講師需要能夠採用循序漸進的教學方法，由淺入深，使學員能夠逐步掌握知識和技能，避免了因為一次性接收太多信息而感到困惑和壓力。在我的願景心理學課程中，我會先介紹基本的概念和理念，然後逐步深入到具體的技巧和方法，最後引導學員進行實踐和應用。例如，在教授「寬恕練習」時，我會先解釋所謂的寬恕，就是沒有人需要被寬恕，無論是自己或是別人，因為沒有人故意犯錯，只是不會而已、搞錯而已，寬恕的意思是寬恕不會的自己或別人，然後分享如何在日常生活中實踐自我寬恕，最後引導學員進行實際的練習和應用。

三、**多元化的教學手段**：講師需要能夠採用多元化的教學手段，包括講解、示範、討論、案例分析、角色扮演等，不僅使教學更加有趣，也能夠照顧到不同學習風格的學員，使教學更加生動和有效。在我的願景心理學課程中，我會採用多元化的教學方式。例如，在教授「親密關係」的主題時，我會先講解親密關係的基本理念和原則，然後通過案例分析讓學員理解不同類型的親密關係，接著引導學員進行討論和分享，最後通過角色扮演讓學員體驗和實踐。

四、**互動和參與**：講師需要能夠促進互動，讓學員能夠積極參與學習過程。在我的願景心理學課程中，我會設計各種互動環節，包括小組討論、案例分析、角色扮演、問答環節等，例如，在教授「回應力」的概念時，我會設計一個角色扮演的環節，讓學員模擬各種情境，練習如何有效地回應。這種互動和參與，不僅使學習更加生動和有趣，也能夠幫助學員更好地理解和應用知識。

五、**關注學員的反饋和需求**：講師需要關注學員的反饋和需求，及時調整教學內容和方法。在願景心理學課程中，我通過觀察學員的反應、聆聽學員的問題和反饋、進行課後的評估等方式，了解學員的學習情況和滿足學習需求，使教學更加靈活和有效。例如，如果我發現學員對某個概念理解有困難，我會採用不同的方式重新解釋，或者提供更多的例子和案例；如果我發現學員對某個主題特別感興趣，我會適當地延長這個主題的討論時間，或者提供更多的資源和信息。

講師的舞台魅力，在於能夠清晰、生動、有效地傳授知識和技能。通過系統化的知識框架、循序漸進的教學方法、多元化的教學手段、互動和參與以及關注學員的反饋和需求，講師可以成為知識的有效傳授者，讓學員不僅學到了知識，還能夠應用知識解決實際問題。

貴賓致詞：價值的傳遞者

貴賓致詞是一種特殊的演講形式，通常是在某種場合或活動中，作為特邀嘉賓發表簡短的講話。作為一個經常被邀請進行貴賓致詞的人，我總結了以下幾點致勝心法：

一、**了解活動的背景和目的**：貴賓致詞前，需要了解活動的背景和目的，以便能夠契合活動的主題和氛圍。在擔任致理科大國際貿易系全國知識大賽的貴賓時，我會充分了解比賽的背景、參賽的學生情況、比賽的規則和流程等，以便能夠在致詞中提到相關的內容，表達對活動的支持和期待。

二、**表達感謝和祝福**：貴賓致詞通常需要表達對主辦方的感謝和對活動的祝福。在我的致詞中，我會真誠地感謝主辦方的邀請和辛勤的準備工作，也會對活動的順利進行和取得成功表達祝福。例如，在致理科大國貿系全國知識大賽的致詞中，我會感謝系上師長們的辛勤付出，也會祝願參賽的學生們能夠在比賽中展現出色的表現，獲得寶貴的經驗和成長。

三、**分享個人的經驗和感悟**：貴賓致詞中，可以分享一些與活動相關的個人經驗和感悟，使致詞更有深度和感染力。在致理科大國貿系全國知識大賽的致詞中，我會分享自己作為國貿系畢業生的學習和工作經歷，以及這些經歷對我的影響和啟發。例如，我會提到在學校學習的專業知識如何幫助我在職場上取得成功，以及學校培養的學習能力和思維方式如何使我能夠不斷適應和成長。這種分享個人經驗和感悟的方式，不僅使致詞更有深度和感染力，也能夠給學生們提供一些參考和啟發。

四、**表達對未來的期待和鼓勵**：貴賓致詞中，通常需要表達對未來的期待和鼓勵，給聽眾帶來正能量和動力。在致理科大國貿系全國知識大賽的致詞中，我會表達對學生們未來的期待和鼓勵，希望他們能夠珍惜在校的學習機會，努力學習專業知識，培養綜合能力，為未來的職業發展打下堅實的基礎。例如，我會說：「希望你們能夠珍惜在校的每一天，不僅學習專業知識，還要培養批判性思維、溝通能力和團隊合作精神。這些能力和素質，將會在你們未來的職業生涯中發揮重要的作用。」這種表達對未來的期待和鼓勵的方式，能夠給學生們帶來正能量和動力，激勵他們更加努力地學習和成長。

五、簡潔而有力：貴賓致詞通常需要簡潔而有力，避免冗長和重複。在我的致詞中，我會控制時間在三至五分鐘左右，確保每一句話都有意義和價值。例如，在致理科大國貿系全國知識大賽的致詞中，我會精心設計每一段話的內容和順序，表達我的感謝和祝福，並分享我的經驗和感悟，還能夠給學生們帶來一些啟發和鼓勵。

貴賓致詞的舞台魅力，在於能夠透過了解活動的背景和目的，簡潔有力地表達感謝和祝福，分享個人的經驗和感悟，表達對未來的期待和鼓勵，給聽眾帶來正能量和動力。貴賓致詞可以成為一場活動的亮點，給聽眾留下深刻的印象。

主席致詞：領導的展現者

主席致詞是一種特殊的演講形式，通常是在某種場合或活動中，作為領導者或主持者發表的講話。作為曾經擔任過菁英獅子會會長和國貿系友會會長的人，我總結了以下幾點致勝心法：

一、明確活動的主題和目的：主席致詞需要明確活動的主題和目的，使參與者了解活動的意義和價值。在擔任菁英獅子會會長時，我會在每次月例會的致詞中，明確當月的主題和目的，例如反毒反飆車、捐血捐鞋、淨灘、視力篩選、兒童癌症等公益活動的意義和價值。這種做法使參與者能夠更理解和參與活動，也使活動更有意義和價值。

二、**表達感謝和認可**：主席致詞需要表達對參與者和貢獻者的感謝和認可，使他們感受到自己的價值和重要性。在我的致詞中，我會逐一稱呼和感謝貴賓和顧問，也會感謝已經舉辦的活動的主委和參與者。例如，在一次獅子會的月例會上，我會說：「首先，我要感謝今天所有出席的貴賓和獅友，特別是專區主席和分區主席，感謝你們百忙之中抽空參加我們的月例會。其次，我要感謝上個月淨灘活動的主委和參與者，你們的辛勤付出，使我們的活動取得了圓滿的成功。」這種做法，不僅使參與者感受到自己的價值和重要性，也有助於建立積極和諧的氛圍。

三、**分享成果和展望**：主席致詞需要分享過去的成果和對未來的展望，使參與者了解組織的發展和方向。在我的致詞中，我會分享過去一段時間的工作成果，也會提出未來的工作計劃和目標。例如，在一次獅子會的月例會上，我會說：「過去一個月，我們成功舉辦了淨灘活動，共有五十位獅友參與，清理了約兩百公斤的垃圾，為保護環境做出了貢獻。接下來的一個月，我們將舉辦捐血活動，希望能夠募集到一百袋血液，幫助更多需要幫助的人。」這種做法，不僅使參與者了解組織的發展和方向，也有助於建立共同的目標和願景。

四、激勵和鼓舞：主席致詞需要能夠激勵和鼓舞參與者，使他們更加積極和主動地參與組織的活動和工作。在我的致詞中，我會用積極和正面的語言，表達對參與者的期待和信任，激勵他們更加積極和主動地參與。例如，在一次獅子會的月例會上，我會說：「我相信，在大家的共同努力下，我們的捐血活動一定會取得圓滿的成功。每一位獅友的參與和貢獻，都是活動成功的關鍵。讓我們一起行動起來，為社會做出更多的貢獻！」這種做法，能夠提高參與者的積極性和主動性，也有助於建立積極向上的組織文化。

五、簡潔而有力：主席致詞需要簡潔而有力，避免冗長和重複。在我的致詞中，我會控制時間在五至八分鐘左右，確保每一句話都有意義和價值，避免無謂的重複和冗長。例如，在獅子會的月例會上，我會精心設計每一段話的內容和順序，確保致詞既有深度又不冗長，既能夠表達我的感謝和認可，也能夠分享成果和展望，還能夠激勵和鼓舞參與者。

主席致詞的舞台魅力，在於能夠清晰地表達活動的主題和目的，真誠地感謝和認可參與者和貢獻者，客觀地分享成果和展望，積極地激勵和鼓舞參與者。主席致詞可以成為一場活動的指南針，引導參與者朝著共同的目標前進。

② 舞台下的易筋經

舞台魅力不是一蹴而就的，它需要在舞台下進行長期的修煉和準備。就像武俠小說中的「易筋經」一樣，是一種內功的修煉，需要日積月累，才能在舞台上展現出強大的力量和魅力。以下，我將分享我在舞台下的「易筋經」修煉心法。

內在專業：知識的積累與思維的訓練

一、**吸收及精進專業內容**：舞台魅力的基礎是專業知識的積累。無論是演講、主持還是講課，都需要有深厚的專業知識作為支撐。在我的職業生涯中，我始終保持著對專業知識的渴求和學習。例如，在國泰人壽的二十一年中，我不斷學習和更新保險、理財、市場營銷等方面的知識；在獅子會的工作中，我學習了組織管理、活動策劃、公益項目等方面的知識；在 POV 願景心理學的學習中，我深入研究了心理學、人際關係、自我成長等方面的知識。這些專業知識的積累，使我能夠在舞台上自信地分享和傳授，也使我的分享和教學更有深度和價值。

在一次九型人格的分享會上，有聽眾提出了關於九型人格與親子教養的問題。由於我平常在親子教養中廣泛的運用，以至於在這個領域，我能夠自信地回答這個問題，並提供了具體的建議和案例。這種專業知識的積累，不僅理論運用於實務上，深入且紮實的實踐，使我能夠應對各種問題和挑戰，也增強了我在舞台上的自信和魅力。

二、**訓練表達的精準能力**：舞台魅力的另一個重要方面是表達的精準能力。在日常生活中，我會有意識地訓練自己的表達能力，包括語言的準確性、邏輯的清晰性、表達的生動性等。例如，在與同事或朋友交流時，我會注意自己的用詞和表達方式，力求準確和清晰；在閱讀和學習時，我會嘗試用自己的語言重新表達和解釋所學的內容；在準備演講或課程時，我會反覆修改和完善我的表達，確保每一句話都有意義和價值。

在一次 POV 願景心理學的課程中，我需要解釋一個複雜的概念——「零極限」。為了使學員能夠清晰地理解這個概念，我用一個簡單而生動的比喻來解釋：「零極限就像是一個清空垃圾桶的過程，我們需要清空我們內心的垃圾，才能接收愛的信息和能量。」這個比喻得到了學員們的認可和讚賞，他們表示這使他們更容易理解和記住這個概念。這種表達的精準能力，是我在日常生活中長期訓練的結果，也是我舞台魅力的重要組成。

三、**鍛練各種舞台風格**：舞台魅力的多樣性來自於對各種舞台風格的鍛練和掌握。在日常生活中，我會觀看和學習各種類型的表演和演講，包括演唱會、舞台劇、歌劇、歌仔戲、金馬獎、金鐘獎、TED 演講等，從中學習不同的表達方式和風格。例如，從演唱會中，我學習了如何調動觀眾的情緒和氛圍；從舞台劇中，我學習了如何通過表情和動作表達情感；從 TED 演講中，我學習了如何清晰和有力地傳達思想和觀點。

在獅子會的授證典禮上，我擔任晚會的主持人。為使晚會生動和有趣，我融合了多種風格：開場時，我用莊重的語氣和姿態，營造典禮的儀式感；在介紹表演節目時，我用輕鬆和幽默的方式，活躍晚會的氛圍；在引導互動環節時，我用熱情和活力的風格，鼓勵大家參與和互動。這種多種風格的融合和切換，使晚會既有儀式感又有娛樂性，既莊重又輕鬆，得到了參與者一致好評。

四、培養幽默感及鬆弛感：舞台魅力的另一個重要方面是幽默感和鬆弛感。幽默感能夠使演講或表演更加生動和有趣，也能夠緩解緊張和尷尬的氛圍；鬆弛感則能夠使表現更加自然和流暢，避免因為緊張和壓力而影響發揮。在日常生活中，我會有意識地培養自己的幽默感和鬆弛感，包括閱讀幽默的書籍和文章、觀看幽默的表演和節目、練習放鬆和冥想的技巧等。

在一次九型人格的分享會上，我需要解釋九種不同性格類型的特點和表現。為了使分享更加生動和有趣，我用幽默的方式描述了每一種類型的典型行為和思維方式。例如，在描述一號完美型的人時，我說：「一號完美型的人總是追求完美，他們的座右銘是『不完美，毋寧死』。他們的桌子總是整齊得像用尺量過一樣，連筆都要擺放得整整齊齊。」這不僅使分享充滿畫面和記憶點，也使聽眾更容易理解和記住不同性格類型的特點。

五、**回應力及反應力**：舞台魅力的即時性來自於強大的回應力和反應力。在舞台上，我們常常需要面對各種突發情況和挑戰，包括設備故障、流程變更、觀眾提問等。能夠快速和適當地回應和反應，是舞台魅力的重要部分。在日常生活中，我會有意識地訓練自己的回應力和反應力，包括參與即興表演和討論、練習快速思考和表達的技巧、培養觀察和感知的能力等。

在一次光華獅子會獅子之夜晚會上，晚會的節目流程中，特別準備一段學生們的演奏表演，原訂為樂隊指揮介紹曲目，但因臨時狀況，改由我代為介紹曲目，在極短暫的時間內，了解樂團準備曲目的原由和重要性，優雅且知性的介紹著樂團精心準備的表演。臨時反應力快速且到位，讓現場來賓感受著樂團一首首悅耳的演出，絲毫感受不出是即席下的產物。這來自於平時累積的音樂賞析和反應力，才能在緊張的當下細膩安穩且柔順的主持著。

六、**學習成長及突破超越**：舞台魅力的持續性來自於不斷的學習、成長和突破。在我的職業生涯中，我始終保持著學習和成長的心態，不斷尋求新的挑戰和突破。例如，在國泰人壽的工作中，我從一個普通的業務員成長為課長，帶領團隊創造了全國第一名的佳績；在獅子會的工作中，我從一個普通的會員成長為會長和講師，為組織的發展做出了貢獻；在 POV 願景心理學的學習中，我從一個學員成長為一個引導人，幫助更多的人理解和應用願景心理學的理念和方法。

在前年的華盟速沛 TALK 挑戰中，二十張投影片、每張二十秒的嚴格限制下，完成「生命是一場場華麗的轉場」的主題演講。這是全新的挑戰和突破，透過認真的準備和練習，以及前輩們的指導和幫助，成功地完成了這個挑戰，並得到了聽眾的認可和讚賞，時過兩年仍有人津津樂道。

外在形象：視覺的吸引與能量的傳遞

一、**飲食控制**：外在形象的基礎是健康的身體和良好的狀態。在日常生活中，我會注意飲食的控制和調整，保持健康和活力。二〇一一年開始，我選擇了低 GI、低醣、蔬食的飲食方式，減少肉類和精緻澱粉的攝入，增加蔬菜和水果的比例。這種飲食方式，不僅使我保持了良好的體重和身材，也提高了我的能量和狀態，減少了血糖波動帶來的情緒起伏。

在一次為期三天的講師培訓課程中，我需要連續多個小時的站立和講解。由於良好的飲食習慣，我能夠保持充沛的能量和清晰的思維，順利完成了整個課程的教學。課程結束後，學員們驚訝地問我：「你怎麼能夠連續講這麼長時間，還保持這麼好的狀態？」我分享了我的飲食習慣和健康管理的方法，也鼓勵他們關注自己的健康和狀態。

二、**美妝保養**：外在形象的另一個重要方面是皮膚和面容的保養。在日常生活中，我會注意皮膚和面容的保養，包括清潔、保濕、防曬、按摩等。我會定期進行臉部按摩和筋膜拉伸，保持皮膚的彈性和光澤；也會學習和更新彩妝技巧，在不同的場合和活動中，展現適合的妝容和風格。

在一次國際會議上，我需要代表台灣進行演講和分享。為了展現專業和自信的形象，我精心準備了適合的妝容和造型，包括自然而有光澤的底妝、適度的眼妝和唇妝、整潔和有型的髮型等。這種精心的準備和展現，不僅增強了我的自信和魅力，也得到了與會者的認可和讚賞。

三、**服裝造型**：外在形象的重要組成部分是服裝和造型。在不同的場合和活動中，我會選擇適合的服裝和造型，展現專業和得體的形象。例如，在正式的會議和典禮中，我會選擇正式和莊重的服裝，如套裝或禮服；在輕鬆的分享會和工作坊中，我會選擇舒適和親切的服裝，如休閒裝或便裝；在特殊的表演和活動中，我會選擇符合主題和風格的服裝，如主題裝或角色裝。

去年贏得國泰人壽高峰會全國第一名課長的頒獎典禮上，服裝是一套霸氣的韓版白色套裝，明星般的簡約風——性感的黑色內搭、配上帥氣的白西裝，展露了女性魅力、也有著俐落帥氣，在頒獎典禮的會場及舞台上，透過服裝滿滿大氣場，展現著團隊榮耀的光芒萬丈，也閃耀著第一名的光環。

四、美甲及美髮：外在形象的細節在於美甲和美髮，是獨一無二的個人藝術美感。十多年來和固定幾位美髮師、美甲師配合，他們了解我的風格和需求，在精準溝通下，皆能有超越期望的美髮和美甲。這種對細節的關注和投入，不僅能和我內在的美感連結，更使我在舞台上展現絕佳的形象。

在重要的活動主持前，由於對細節的關注和準備，我會特地去做適合活動的美髮和美甲。因此在主持結束後，常能吸引主辦或貴賓邀約我下一場的主持。

五、運動健身：外在形象的基礎是健康的身體和良好的體態。運動和健身是我的日常，包括肌肉訓練、體能鍛練、瑜伽伸展等。這種堅持運動和健身的習慣，不僅使我保持了良好的體態和狀態，也增強了我的能量和耐力，使我能夠在舞台上有著明星的魅力演出。

某次社團聚會中，認識十多年的前會長開玩笑的回憶著說：「當年認識你的時候，雙腿有如大象腿般粗壯，不知何時練成了現在台上展現出穠纖合度的美腿？」於是分享著我每年一次單車環島和今年一日北高的自我挑戰旅程，過程中的汗水與淚水，撞牆期的堅持突破，意志力的無限擴展，進而將腿部線條練成細長型，且臀線也跟著越來越美麗。台下長時間刻意雕琢身形，才能擁有充滿魅力的身形曲線。

蓋世絕學：靈性的提升與能量的流動

一、**修身修心**：舞台魅力的深層次在於靈性的提升和內在的修煉，通過閱讀、冥想、靜坐、感恩等各種方式進行修身修心，不僅使我保持了平靜和清晰的心態，也增強了覺察和感知能力，使我能夠更好地連接和影響他人。

在願景心理學課程中，我會引導學員進行冥想和靜坐的練習，幫助他們連接自己的內在和高我。在一次課程中，一位學員在冥想後分享到：「我感受到了一種前所未有的平靜和清晰，好像所有的問題和困惑都有了答案。」這種靈性的體驗和提升，不僅對學員有益，對我也是一種滋養和成長。

二、**氣場的訓練**：舞台魅力的外在表現在於氣場的強大和穩定。能量的感知和流動、頻率的提升和調整、波的傳遞和接收等，皆是提升氣場的訓練，使我能夠在舞台上展現強大和穩定的能量，影響和感染觀眾。

在舞台演出中，展現出強大和積極的能量，便能迅速吸引觀眾的注意力，並激發他們的參與熱情。常有觀眾告訴我：「你一上台，整個會場的氛圍就變了，大家都被你的熱情和能量所感染。」這種氣場的影響和感染，就是長期氣場訓練的結果。

三、**格局及氣度**：舞台魅力的高層次在於格局和氣度的展現。拓展視野、增加閱歷、培養寬容和包容的心態等，皆能提升自己的格局和氣度，在舞台上能開闊和大氣的形象，贏得觀眾的尊重和認可。

在一次韓國的國際演說，分享我帶團隊的成功經驗，謙遜自信和清晰地表達自己的成功歷程，同時以尊重和欣賞讚美韓國的團隊文化，並加以祝福。格局和氣度的展現，讓與會者感受到了真正的交流和對話。

結語：成為舞台上的發光體

舞台魅力，是一種技能，更是一種生活方式和存在狀態。它需要我們在舞台下進行長期的修煉和準備，包括內在專業的積累、外在形象的塑造和靈性能量的提升；也需要我們在舞台上展現獨特的魅力和風格，包括不同角色的特定技巧和共通的原則。

在我的舞台生涯中，經歷了從滔滔社的辯論訓練，到國泰人壽的業務培訓，再到獅子會的公益活動和中華華人講師聯盟的專業分享，每一次站上舞台，都是一次成長和突破的機會。也從一個初學者成長為一個有經驗的舞台人物，從一個模仿者成長為一個有獨特風格的表演者。

舞台魅力的最高境界，是成為舞台上的發光體，不僅自己發光，還能夠照亮他人。這需要我們有真實的內容、真誠的態度、真切的情感和真正的連結。當我們能夠在舞台上全然地給出，與觀眾建立真正的連結，我們就能夠成為舞台上的發光體，影響和啟發更多的人。

正如我在華盟速配 TALK 中分享的主題——「生命是一場場華麗的轉場」，每一次站上舞台，都是生命中的一次華麗轉場。在這些轉場中，展現自己的魅力和價值，也影響和啟發了他人的生命。願每一個閱讀這篇文章的人，都能夠在舞台下進行「易筋經」般的修煉，在舞台上展現「吸心大法」般的魅力，成為舞台上的發光體。

實踐指南：舞台魅力的日常練習

為了幫助讀者更好地培養和提升舞台魅力，我提供以下實踐指南，作為日常練習的參考：

一、**每日一練**：每天花十～十五分鐘，練習一個舞台技巧，如聲音的控制、表情的表達、肢體的運用等。可以對著鏡子練習，也可以錄製影片，進行自我評估和改進。

二、**閱讀和學習**：每週閱讀一本關於演講、表演或溝通的書籍，或者觀看一個相關的影片或課程，不斷學習和更新知識和技能。

三、**觀察和模仿**：觀察和學習優秀的演講者和表演者，分析他們的技巧和風格，適當地模仿和學習，但最終要發展自己的獨特風格。

四、**實踐和反饋**：積極尋找和創造上台的機會，如參加演講比賽、加入演講社團、在工作中主動承擔演講和主持的任務等。每次實踐後，要主動尋求反饋，不斷改進和提升。

五、**身心的調整**：注意身體和心理的健康和狀態，包括飲食、運動、休息、放鬆等。良好的身心狀態，是舞台魅力的重要基礎。

通過這些日常的練習和調整，每一個人都能夠逐步提升自己，成為一個有影響力、感染力、散發舞台魅力的人。

Win 42

人人都有演說天賦：十大講師從姿勢、聲調、故事，公開自我練習祕笈，開啟你的演說本能

作　　者—吳佰鴻、羅懿芬、王禎鈺、高家偉、陳亦純
　　　　　官大煊、林美玉、陳昇陽、黃麗霞、俞冠鳳

主　　編—謝翠鈺
副 主 編—廖宜家
特約編輯—林芳如
行銷企劃—鄭家謙
封面設計— Ancy Pi
內頁排版—孫慶維

董 事 長—趙政岷
出 版 者—時報文化出版企業股份有限公司
　　　　10819 台北市和平西路三段 240 號 7 樓
　　　　發行專線— (02)23066842
　　　　讀者服務專線— 0800231705
　　　　　　　　　　　(02)23047103
　　　　讀者服務傳真— (02)23046858
　　　　郵撥— 19344724 時報文化出版公司
　　　　信箱— 10899 台北華江橋郵局第 99 信箱
時報悅讀網— http://www.readingtimes.com.tw
法律顧問—理律法律事務所 陳長文律師、李念祖律師
印刷—勁達印刷有限公司
初版一刷— 2025 年 4 月 11 日
定價—新台幣 480 元
缺頁或破損的書，請寄回更換

時報文化出版公司成立於一九七五年，並於一九九九年股票上櫃公開發行，於二〇〇八年脫離中時集團非屬旺中，以「尊重智慧與創意的文化事業」為信念。

人人都有演說天賦：十大講師從姿勢、聲調、故事，公開自我練習祕笈，開啟你的演說本能 / 羅懿芬，陳亦純，吳佰鴻，王禎鈺，官大煊，陳昇陽，高家偉，俞冠鳳，林美玉，黃麗霞著 . -- 初版 . -- 臺北市 : 時報文化出版企業股份有限公司，2025.04

面；　公分 . -- (Win ; 42)

ISBN 978-626-419-357-3(平裝)

1.CST: 演說術

811.9　　114003023